『――戦場で、敵を前に
目をつむるなんて愚策ですよ』
『傷物』のセカンド・ワルキューレ
ルサルカ・エヴァレスカ
ハンブルク基地に所属するセカンド・ワルキューレ。
ワルキューレとしては優秀であり、見目も麗しい
才色兼備な軍人だが、融通の利かない性格。

ルサルカの友人にして副隊長
セネア・スティングル
天真爛漫なファースト・ワルキューレ
エイミー

矜持を貫くサード・ワルキューレ
ナタリー・チェイス
『ラミアの奇跡』の立役者
アレハンドロ・オストレイ

「――戦友に」

「……戦友に」

パイントグラスを掲げ、乾杯を求めてくる
アレハンドロにルサルカは渋々応じる。

乾杯の相手が戦友――死者とあれば、断れる道理はない。

戦翼のシグルドリーヴァ

Rusalka（上）

著：長月達平
原作：戦翼倶楽部

角川スニーカー文庫

22149

戦翼のシグルドリーヴァ

Rusalka(上)

index

003
プロローグ ══『──戦翼の日』

016
第一章 ═══『セカンド・ワルキューレ』

092
第二章 ═══『傷だらけの赤』

167
第三章 ═══『そこに空があるから』

260
第四章 ═══『シグルドリーヴァ』

314
あとがき

口絵・本文イラスト／藤真拓哉
口絵・本文デザイン／林弘樹

プロローグ『――戦翼の日』

1

――この頃、軍内でまことしやかに囁《ささや》かれる噂がある。


「聞いたか？　軍が極秘開発してる最新兵器がそろそろ実戦配備されるらしいぞ」

「――」

「最新兵器って、あの忌々しい連中に通用する弾薬を積んでるって噂の？」

「――」

「ああ、戦況を塗り替える画期的な装備を搭載してるって話だ」

「――」

「一騎当千のエースパイロットが、あの光の柱を砕いたって話は本当なのかよ⁉」

「――」

「なぁ、黙ってないで、お前も話に参加してこいよ。――ルサルカ」

「……私ですか？」

と、顔を覗《のぞ》き込んでくる同僚の声に、ルサルカは切れ長の瞳を瞬かせた。

見れば、同じテーブルで軍用食の晩餐《ばんさん》を囲んだ同僚たちが、揃って自分の方を見つめている。その視線を浴びて、直前までの彼らの会話を反芻《はんすう》した。

確か、その内容は――、

「ええと、荒唐無稽な夢物語についての感想を求められていた、で合っていますか？」

「間違ってないけども！　そう言いたくなる気持ちもわかるけども！」

「そうですね。とても夢のあるお話だと思います。夢でしかありませんが」

「さらに付け加えやがった、この女⁉」

かなり言葉に配慮したつもりだったが、同僚たちの反応は芳《かんば》しくない。

やはり、男女の間には埋め難い意識の溝があるものだ。しかし、だからと言って諦めてしまえば、肩を並べて戦う戦友たちに申し訳が立たない。

「ですから、私はみんなと話し合う姿勢を決して失いませんよ」

「この期に及んで上から目線、だと……？　この女、神にでもなったつもりか……？」

「ちょっと、いやかなり可愛いからって調子に乗りやがって……！」

「大体、話し合う姿勢とか言って、さっきは会話にまざってこなかったじゃねえか」

「すみません。実りのある会話と思えず、つい食事に注力してしまいました」

「こ、こいつ……っ！」

謝罪したルサルカを、同僚たちが恐ろしいものでも見るような目で見る。そんな彼らの視線に唇を緩め、ルサルカは「いいえ」と首を横に振った。

「冗談です」

「なんだ、冗談か……え、何が冗談？　どこから始まってどこで終わるの？」

「先の話のような兵器が開発されたなら、それは非常に喜ばしいことです。敵に通用する弾薬でも、戦況を塗り替える決戦兵器でも、エースパイロットでも構いません」

静かな声音で、指折り、男たちが話していた『荒唐無稽な夢物語』に思いを馳《は》せる。

夢を語ることはいいことだ。夢とは、実現してほしい願いや理想のことだから。

「――――」

ルサルカの、歌うような祈りを聞いて、同僚たちが表情を引き締めて黙り込んだ。

嫌な沈黙ではない。ただ、このときの全員の気持ちは一つだった。

この戦場――否、この空を仰ぐ多くの将兵が、同じ夢を見ていたことだろう。

軍が開発した秘密兵器が、敵に通用する人類の叡智《えいち》が、戦況を塗り替える画期的な作戦が、戦術を必要としない圧倒的なエースが――、

「――――」

――そんなものが現れない空を、あの光の柱と戦わなくてはならないのだから。

2

西暦2019年、人類は突如として出現した光の柱――通称『ピラー』と呼ばれる奇妙な敵性存在との開戦を余儀なくされた。

初め、北欧のとある山中に出現した光の柱は、その美しく幻想的な印象と裏腹に周辺地域に多大な悪影響を及ぼした。現在では『枯渇現象』と名付けられたその現象は、光の柱を中心に大地から生命力を奪い、その土地土地を不自然に荒廃させていった。

山々が枯れ、動植物が朽ちていく未知の現象に対して、人類の対応は遅速極まった。

まず、最初の事態の把握が遅れ、状況を楽観視して被害の拡大を招き、ついに派遣した調査隊が倒れて人的被害が生じ、ようやく光の柱の危険性が周知された。

そして、光の柱の物理的な排除のための行動が起こされ、再び事態は急変する。

――攻撃を受けた光の柱より、無数の敵性存在が続々と現れたのだ。

以降、『ピラー』と呼ばれることとなる敵性存在により、光の柱を排除するために集められた先遣隊は壊滅、人類は本格的にピラーに対策する必要に迫られた。

だが、これ以降、緩やかに影響範囲を広げていたピラーの侵攻速度は一気に上昇する。

北欧から人の生存圏は奪われ、住民は土地を放棄せざるを得なくなった。

その後も故郷を捨てて逃げる人々を嘲笑《あざわら》うように、この光の柱は各地に点々と出現しては大地を荒廃させていった。それを食い止めようと軍が派遣されれば、光の柱を守るように現れるピラーがそれらを容易に壊滅させる。

ピラーは通常兵器を通さない未知の力を纏《まと》っており、火薬に頼って戦争を進化させた人類の最悪の天敵であったと言える。

命は悪戯《いたずら》に消費され、負け戦とも言えぬ負け戦に領土を奪われ続け、ついには旧時代の戦争を知るものの大半が死に絶えて、若い命が次々に戦場へ駆り出される。

――人類は紛れもなく、滅びへの坂道を延々と転がり続けていた。


「――誰か、誰かいませんか？　誰か、応答してください」

無線に向けて問いかけるが、返ってくるのは空しく鳴り響く砂嵐のような雑音だけ。

ほんの少し前まで、うるさいぐらいに交わされていた仲間たちの会話が、聞こえない。

つまらない冗談とくだらないユーモア、そしてこちらの身を案じる真剣な声。

全部が全部、今は砂嵐の向こうへ呑《の》まれ、消えてしまったように思えて。

「――――」

飛行する戦闘機のコクピットから、スカイブルーの瞳が戦場の空を映す。

どんよりと厚い雲のかかった空のあちこちで、鮮烈な赤が散るのは誰かが戦っている証拠だ。通用しない銃火を頼りに、感情のない敵へと攻撃を仕掛ける証拠だ。

そして、それらが無駄な抵抗に終わり、命が散らされていく証拠だった。

「――っ」

唇を噛《か》めば、鉄錆《てつさび》の味が舌の上を滑っていく。

軍用食の晩餐を囲み、また地上でと手を振り合い、共に命を預けて翼を駆り――ついには今、ルサルカは一人で飛んでいた。

誰も、誰もいなくなった空で、ルサルカは一人、飛んでいた。

後悔の言葉もない。慰めの一声も出てこない。嘆くように名前を呼べば、それこそ空に散った戦友たちへの侮辱としか思えなかった。

そんなルサルカの胸中を慮《おもんばか》る素振りも見せず、計器が敵の接近を大仰に知らせる。ルサルカは唇から血を滴らせたまま、操縦桿《そうじゆうかん》を傾け、空を駆る。

瞬間、機体を掠《かす》めるような光弾と正面からすれ違い、衝撃に主翼が悲鳴を上げる。その軋《きし》む音を聞きながら、ルサルカの視界を異形が横切った。

「――――」

――それは、空にあるには異様としか言えない物体だった。

星形をしたその形状は、一見空にあるのが必然であるように思える。しかし、その認識は誤りだ。この敵と酷似した生物と同様、その本性は冷酷な殺し屋そのものである。

全身に生えた無数の管足は、一度食らいついた相手を決して逃さない。さりとて距離を取れば、原理不明の光弾を無数に浴びせられ、やはり撃墜を免れない。

極めつけは、こちらの通常兵器を無効化する不可思議な防護――それが、この絶望的な戦況を真の意味で絶望へ変える動かし難い現象だ。

――不明敵性存在『ピラー』。

突如として人類に襲いかかったその外敵は、この戦場では自由に空を飛ぶヒトデの形をしていた。一体が戦闘機に匹敵する体長を誇るヒトデ、それらが薄暗い空を無数に飛び交い、翼を駆る戦闘機を相手取って、次々と死を量産している。

それはまさしく、この世のモノとは思えぬ悪夢のような光景だった。

「単純な海洋生物が、空でいったい何の冗談ですか……！」

喉を震わせ、理不尽な状況を呪いながら機体を旋回、敵の隙間を縫うような限界機動で敵中を突破、ルサルカは九死に一生の生存を摑《つか》む。

だが、それはルサルカの命を保証しない。

今の奇跡的な機動が獲得したのは、あくまで百ある危機の内の一つを生き延びる権利に過ぎない。――それこそ、尽きぬ命の賭け事は延々とＢＥＴを求め続ける。

「――――」

混迷する戦域の中、ルサルカはふと気付く。

周囲、自機と同じ状況に置かれた機体が見当たらない。十数秒前にはあったはずの抗《あらが》いの火が絶え、ルサルカは真の意味で孤立していた。

音が遠くなり、視界から色が失われる。シートに深く身を沈めた自分の体を見失ったような錯覚がして、ルサルカは自分の中心、心臓だけの存在となっていた。

見えるもの、聞こえるものが意味を為《な》さない。——ただ、心音だけが聞こえる。

「——」

このとき、ルサルカは心音を奏でるだけの哀れな器官に過ぎなかった。

計器の訴える無情の知らせも聞こえないし、視界を端から端まで埋め尽くす嵐のような光弾も見えない。仮に音が聞こえ、目が見えていても、手足がないから機体を操作できない。だから、ルサルカには何もできない。

あとは致命的な状況を経て、この心音を途絶えさせることだけが——、

「——？」

一瞬、終わりを受け入れたルサルカの意識を何かが引っ掻《か》いた。

甘くくすぐるような微《かす》かな感覚が、ルサルカの意識を現実へと引き戻す。終わりを受け入れ、悟りの境地にあった感情を非情な現実へ戻されることで、ルサルカは息を詰め、耐え難い感情の渦に翻弄される思いを味わった。

しかし、そうした地獄と同時に、ルサルカの覚醒した意識は気付きを得る。

砂嵐を吐き出すだけの無力な機械から、途切れ途切れに聞こえてくるのは音声だ。それはひっきりなしに、一つの単語だけを繰り返している。

鼓膜が捉えたその単語、その意味を咀嚼《そしゃく》する前にルサルカの唇が動く。

聞こえた音を、ただただ無意識に紡いだ。


「――Valkyrie」


――直後、光が戦場を吹き荒れた。

「――――」

それは、現象として不自然極まる現象だった。

光は質量を持たない。よほどの条件が重ならなければ物質を破壊することもない。にも拘《かかわ》らず、その光は我が物顔で空に居座るヒトデの群れを蹂躙《じゅうりん》し、打ち砕いていた。

「――ぁ」

その光景を前に、ルサルカの喉がか細く鳴る。

放たれる無数の光弾を掻い潜り、光はおぞましい敵性存在へ真っ直ぐに突っ込んだ。そのまま、唸《うな》る機銃がすれ違い様に火を噴いて、輝く光を纏った弾丸がヒトデの全身へ突き刺さった。次の瞬間、ピラーを守る防護が貫かれ、光が炸裂《さくれつ》する。

銃火をモノともしない光の守護が破かれて、ピラーの全身が踊るように跳ねた。

そして一拍ののち、生じるのは世にも奇妙な光景――ピラーの中心で緑が芽吹き、青々とした葉々を広げた樹木が生える。体内で成長した若木に食い破られるようにして、ピラーは形を失い、光がほどけるようにして消滅する。

それは、ピラーが消える際に見せると噂される消滅現象だ。何故曖昧な伝聞形式なのかと言われれば、これまで明確にその事実を確認した事例がなかったため。

ピラーの撃破はそれこそ夢と奇跡が重なるようなものであり、ルサルカもこの目で確認したことなど一度もなかった。――だが、間違いない。

だって、一度や二度の確認ではないのだ。十を数え、百に迫るほどの事例を間近で確かめれば、どんなに愚かな頭でも理解できる。

ピラーの消滅現象にまつわる噂の正しさと、規格外の光の戦闘力が。

「――――」

固唾《かたず》を呑み、傍観者となり果てたルサルカは気付いてしまう。

光は、ただの光ではない。光のように見えるそれは、正しく飛行機の形をしていた。その姿を正確に捉えて、唖然《あぜん》とさせられる。

最新鋭の戦闘機に乗り、ルサルカたちは無様な戦果を持ち帰るばかりだった。そんなルサルカたちが霞《かす》むほど、その機体が人類の叡智の結晶であったならまだ救われた。

――その光の正体が、時代遅れのプロペラ機などと気付かなければ。

「――――」

悪夢が続いているような心境の中、ルサルカは宙を舞うだけの案山子《かかし》となる。

畑で立ち尽くし、争いを眺める哀れな人形。――今のルサルカはまさしく、その案山子と何も変わらない立場にあった。

光が荒れ狂い、一つ、また一つと若木に変えられたピラーが眼下へ落ちていく。『枯渇現象』の影響で荒れ果てた大地へ、落ちた若木が根付くのがわかった。

それはまるで、渇いた砂が水を吸うように、枯れた大地へ命が広がるように。

「―― Valkyrie」

無線機から、誰かの声が聞こえた。

一人の声ではない。砂嵐を破り、ルサルカへ届いた声は一人のものではなかった。

「―― Valkyrie. Valkyrie」

「Valkyrie. Valkyrie, Valkyrie, Valkyrie ……！」

それはもっと多くの、あるいはもっと広くの、もっとはるか彼方《かなた》から聞こえてくるような、個人でも集団でもない、地鳴りのような『人類』の声だった。

「―― Valkyrie ！　Valkyrie ！　Valkyrie ！」

「――――」

声が、瞳を潤ませ、鼓膜を殴りつけ、心臓を熱くする。

光が、空を焼いて、若木を作り出し、憎きピラーを次々に存在ごと打ち砕く。

高く遠く、燃え広がるように希望が拡大し、厚い雲のかかる戦場を眩《まばゆ》く照らす。その光景を目の当たりにして、ルサルカは空色の瞳を見開いた。

それは、軍がひた隠しにしていた存在であり――、
それは、忌々しいピラーの防護さえ貫く攻撃を可能とし――、
それは、戦況を塗り替えるほど凄《すさ》まじい戦闘力を発揮して――、
それは、あの光の柱を次々と打ち砕く一騎当千のエースパイロット――、

「――――」

仲間たちが待望し、空を仰いだ全ての将兵たちが同じ夢を願った。

その夢物語の顕現、ピラーを打ち倒し、奪われた空を取り戻す人類の希望。

その、希望の名前こそが――、

「――Valkyrie」

案山子役のルサルカの唇が、今一度だけ、その単語を口にしていた。

3

この日、人類はピラーとの戦いにおいて、初めて勝利と呼べる戦果をその手にした。
多くの将兵が犠牲となった戦場ではあったが、この初めての勝利はピラーの脅威に怯《おび》えるだけであった人々の希望であり、反撃の狼煙《のろし》となる記念すべき出来事であった。

——人類救済のため、神が遣わした翼の乙女『ワルキューレ』。

これが、そのワルキューレの初陣。
今後、幾度も重ねられていく華々しい戦果の最初の一つであり、人々の記憶と歴史に延々と刻まれることとなる、新たな一ページ。
失われた命には触れず、記念すべき一日として記録される『戦翼の日』——。

生還した兵の中、ルサルカ・エヴァレスカの名はひっそりと記載されるばかりだった。

第一章『セカンド・ワルキューレ』

1

あの瞬間のことは、今も茫洋《ぼうよう》と霞《かすみ》がかったような記憶の彼方にある。

「――そうか。お前は[redacted]を[redacted]か」

途切れ途切れのその声は、どこかアンバランスな印象を抱かせるものだった。

たぶんそう思わせるのは、声の孕《はら》んだ長い月日を感じさせる落ち着きと、その声音自体の若々しさとが真逆の印象を与えるからだ。

若く、幼いとさえ思える声の主が、子に対する親のような目線で接してくる。

その奇妙な印象の齟齬《そご》が、羽化したばかりの戦乙女《いくさおとめ》の夢見心地な心を揺すってくる。

熱に浮かされたような感覚が思考を鈍くして、瞳は高揚感に潤んでいた。

そこは不思議な、本当に不思議な場所だった。

特別暗い印象を受けないが、四方には果てのない闇が広がっている。足下さえ不確かな頼りなさがある代わりに、自分の足場はここだと本能が理解していた。

正面、膝をつく自分の前には泉――『ミーミルの泉』がある。

神聖な力が宿り、特別な加護に与《あずか》る泉だ。その冷たく澄んだ泉の水を手ですくい、わずかな躊躇《ためら》いのあと、嚥下《えんげ》したのが少し前のこと。

喉を伝い落ちる水の一滴一滴が、自分を人の頸木《くびき》から解放していくのを感じる。

羽化したと比喩的に語ったが、事実、それは羽化であったのかもしれない。人の身では体感することのない、新たな翼を賜った気分とでも言うべきか。

人を超えたとは言わない。しかし、人と違う道へ渡ったと、それは断言できた。

「これより先、お前が歩むことになる道は険しく、尊いものとなるだろう」

跪《ひざまず》き、羽化の余韻に耐えるこちらへと、若々しく重々しい声が語りかけてくる。

「望まぬことだったと、嘆く夜を何度と重ねるかもしれん」

「――――」

「失い続けることに耐え切れず、心のひび割れる音を聞くこともあるだろう」

「――――」

「故に、嘆くなとは言わん。挫《くじ》けるなとも言わん。それは、お前たちの持つ権利だ」

涙することを咎《とが》めず、膝を屈することをも許容する。

そうした声の主の言葉を、ゆっくりと己の内へと染み渡らせる。言葉は体内を流れる血のように循環し、手足の隅々まで巡り、再び胸の中心へと戻ってくる。

嘆く夜を重ね、心のひび割れる音を幾度となく聞いて、膝を屈することがあったとしても、一人ではない。──もう、独りにはならない。

その事実と心強さが、羽化に震える四肢に力を与え、立ち上がらせてくれる。

「──────」

「立つか、僕の娘よ。辛く苦しい道のりになるとわかっていて、それでも泉の水を呑んだ気高き俺の娘よ。ならば私はお前に、新しい翼を授けよう」

そう、声が厳かに告げた直後、自分の真後ろに大きな気配が現れる。振り返ってそれを確かめ、目が見開かれた。

──そこには機体を深紅に染め、神々しい輝きを纏《まと》った一機の戦闘機があった。

「英霊機。──ワルキューレの翼であり、人類がピラーに対抗する唯一の手段」

深紅の機体に息を呑み、身を硬くする背中へ、声がかけられる。

声が、神の声が、告げる。

「翼を駆り、空を舞え、ワルキューレ。──主神たる、このオーディンの加護ぞある」

2

「──あなたが、ルサルカ・エヴァレスカ？」

「────」

基地の廊下で背後から名前を呼ばれ、足を止めた人物がゆっくりと振り返った。

夜の雪景色を思わせる長い銀髪と、空色をした切れ長の瞳が特徴的な女性だ。

モデルのようにすらりとした長身だが、モデルとしてはやや胸が大きすぎる。折り目正しくきっちり着込んだ軍服を豊満な胸が押し上げ、タイトスカートから覗《のぞ》く長い足には黒のストッキングを着用、当人の精神性が反映された装いであった。

見目麗しい女軍人、それが彼女──ルサルカ・エヴァレスカに対して、万人が抱くこととなる印象であり、わかりやすい外見的評価と言えた。

その、氷の美貌とも評される顔貌《かおかたち》の中、ルサルカが澄んだ瞳で相手を見据え、

「はい、そうです。私がルサルカ・エヴァレスカですが、あなたは？」

「あ、やっぱり！　うんうん、だと思ったのよ。聞いてた特徴そのままの人なんだもの」

「聞いていた特徴、ですか？」

「そうそう！」

と、そう元気よく頷《うなず》くのは、ルサルカとは対極の印象にある少女だった。

ふわりと腰まで届く金色の髪は、まるで陽光そのもののように煌《きら》めいている。背丈はルサルカより低く、女性らしい体の起伏も控えめな印象。しかし、可憐《かれん》さと愛嬌《あいきょう》を兼ね備えた顔立ちと、何より紅玉を嵌《は》め込んだような紅の瞳が魅力的な少女だった。

その出《い》で立ちは華やかさと動きやすさを両立していて、活発な雰囲気の少女によく似合っている。が、良くも悪くもここは軍の施設であり、場違い感は否めない。

無骨な軍事施設と、平穏を絵に描いたような少女。その二つの取り合わせは何ともミスマッチで、言葉にできない居心地の悪さを感じさせる。

もっとも、今はやむにやまれぬ事情もあり、たびたび発生する取り合わせではあった。ただし、その場合も軍服は着用の義務があり、ルサルカもそれに倣っている。

そのため、異色に異色を重ねた少女は、一際強い違和感をルサルカにもたらした。その違和感を抱えたまま、ルサルカは少女の言葉を反芻《はんすう》し、

「私のことはどなたから聞かれたんですか？」

「基地の偉い人よ。あなたとは前から会ってみたいと思ってて、それがようやく叶《かな》ったってわけなの。聞いてた通り、軍服姿がなんだかいかがわしい人ね！」

「い、いかがわしい……？」

「ええ！」

真摯な応対を心掛けたつもりが、心外な評価に思わず頬が引きつった。

いかがわしい、とはどう考えても褒め言葉ではない。だが、そう言い切った少女は晴れ晴れとした表情で、悪気は全く感じられなかった。

もしかすると、言い間違いだろうか。だとしたら、それは単なるミスである。

「あの、そのいかがわしいというのは？」

「え？　軍服の胸のところとかパッツパッツで、タイトスカートの中の黒ストッキングも色っぽくて、なんだかとってもいやらしく感じるって意味だけど」

「――――」

どうやら言い間違いではなく、言葉を正しく理解した上での表現だったらしい。

その事実にルサルカが閉口する。と、途端に少女は「あ！」と目を丸くした。

「違う違う！　もしかして、悪口だと思ったんでしょ？　そうじゃなくて、わたしはむしろ羨ましいなぁって気持ちを込めて言ったの！」

「その、羨ましいという言葉の意味は……」

「憧れとか妬ましいとか、そうなりたいなぁとかって意味！　疑わないの！」

ころころと表情を変え、少女がルサルカとの距離を一歩詰めて言い放つ。その力強い宣言に気圧《けお》され、ルサルカは驚きつつ頷いてしまう。

「よし、それでいいの。もう、美人なのに自信のない人が多いんだから。もしかして、そういう趣味なのかしら……。まぁ、わたしの好みでもあるんだけど」

腕を組み、少女は何やらぶつぶつと呟《つぶや》き始める。その呟きの内容はイマイチよくわからないが、ルサルカは改めて背筋を正すと、

「取り乱してすみません。……それで、私にどういった用件が？」

「え？」

「基地の人間から私のことを聞いたと。それに、以前から私と会いたいと思っていたとも言っていましたね。ですが、その心当たりがなくて」

「あー、そうよね。それはそうだと思う。っていうか、会いたがってたのはこっちの都合だし、あなたに心当たりがないのは当然のことだから」

そう言って、少女は自嘲気味に苦笑いし、自分の頭を軽く小突いた。それから、ふっと表情を緩めると、その紅の瞳にルサルカを映して、続ける。

「ルサルカ・エヴァレスカ。――この基地の、セカンド・ワルキューレの筆頭よね？」

「――。あなたは」

「わたしの名前はエイミー」

問いかけを遮るように、少女――エイミーが自分の胸に手を当ててそう名乗る。

その名前を口の中で転がし、反芻する。だが、ルサルカの記憶に該当する名前はない。

微《かす》かな眉の震えから、エイミーはルサルカの困惑を察したように微笑む。

そして、さらに続けた。

「名前じゃわからなくても、こう言ったらわかるでしょ？　――ファーストって」

「――っ！」

そっと、悪戯《いたずら》っぽく囁《ささや》かれた単語を聞いて、ルサルカの瞳が劇的に見開かれる。エイミーの紅玉の瞳の中、空色の瞳で瞠目《どうもく》するルサルカの姿があって。

その驚愕《きょうがく》するルサルカへと、エイミーは小さく舌を出した。

「ファースト・ワルキューレ、エイミーよ。わたし、ずっとあなたに会いたかったの」

3

「それでね、こうやって転戦ばっかりだと友達とかも全然作れないの。せっかくあちこち回ってるのに、観光する時間だってもらえないしね」

「はぁ、そうなんですか」

「なのなの。だからせめて、基地にいる他のワルキューレとは仲良くしたいのよね」

「はぁ、そうなんですか」

そう言って破顔するエイミーの隣で、ルサルカは曖昧な相槌《あいづち》を打ち続けている。

明るい少女だ、というのが最初のエイミーへの印象だ。そして、よく喋《しゃべ》る少女だ、というのが今のエイミーへの印象でもある。

快活で口数が多く、表情の多彩な変化にも華があり、自分とは正反対だとも。

「あ、もしかしてわたしばっかり話しすぎてる？　うるさかったら正直に言ってね？」

「いえ、我慢できる範疇《はんちゅう》ですから」

「正直すぎる！」

「冗談です」

「え、あ、冗談か！　……どこからどこまでが？」

不安げな顔つきのエイミーに、ルサルカは沈黙して答えない。

このぐらいは、最初の心外な評価への意趣返しと思ってもらいたい。そこには、彼女が『ファースト・ワルキューレ』を名乗《かた》ったことへの私心はない、はずだ。

もちろん、彼女がその素性を騙ったとも疑っていない。それは彼女の人間性を信用したからではなく、根拠はもっと簡単だ。

その名前を騙ることが、人類を裏切ることと同義の大罪であるからだった。

「――そんなに大げさなモノってほどでもないけどね」

「え？」

「ごめんごめん、声に出てたわけじゃないから安心して。ただ……ん～、そういうこと考えてそうな顔だっただけ。山勘山勘」

「……勘、ですか。私はあまり、顔には出ない方だと自負していたのですが」

ルサルカの表情筋の鈍さは筋金入りだ。よく、家族たちにも指摘されたものである。

自分でも意識して改善に努めているのだが、これがなかなか成果が上がらない。部隊の同僚たちからも、「顔が怖い」「雰囲気が硬い」「冗談が下手」と大不評だ。

「最後の一個は表情と関係ないんじゃない？」

「そこまで顔に出ていましたか。……もしかして、改善の成果が表れ始めた？」

「うーん、自信を持ってくれたところ悪いんだけど、やっぱりわたしが勘がいいだけかもしれない。だから、あんまり自分を過信しないで」

「自信を持つな、と助言されるなんて貴重な機会……」

言葉を選んで努力の成果を否定され、ルサルカは心なしか気落ちする。

そのまま自分の頬に指で触れ、硬い表情筋を物理的にほぐすルサルカを見て、エイミーは何が楽しいのか笑みを絶やさないままでいる。

――現在、ルサルカはエイミーを連れ、基地の中を案内している最中だ。

あの初対面の直後、エイミーはルサルカに基地を案内して欲しいと頼んできた。自分は基地についたばかりで不案内、なので手助けしてほしいと。

それをルサルカは快く、基地司令に確認を取った上で引き受けたのだ。

「まさか、司令に聞くだけじゃなくて、身体検査までされるとは思わなかったけど」

「形式的なものですが、必要なことでもありますから。特別扱いはしません」

「ふんふん、新鮮な対応だわ。それ、ちょっと嬉《うれ》しいかも。だけど……」

そこで言葉を切り、エイミーが悪戯を咎《とが》めるような目をルサルカに向ける。

「パパっと引き受けてくれてもよかったのに。ルサルカって焦《じ》らし上手ね」

「それもあまり名誉な評価ではないような……。繰り返しになりますが、形式的でも必要なことです。私も、不毛な警戒だとは思いますが……」

「違う違う、そうじゃなくて。――わたしのことは、見ればわかったはずでしょ？」

軽く手を振り、エイミーの瞳はなおもルサルカの稚気を咎めている。しかし、その視線の意図がルサルカにはわからない。

眉を顰《ひそ》めたルサルカ、その反応にエイミーは「あれ？」と首を傾げた。

「もしかして、本当にわからなかったりした？」

「生憎《あいにく》と、今もわかっていないです。何のお話ですか？」

そこまで言ったところで、ふとルサルカの脳裏に思い浮かぶ発想があった。それは、存在すると軍内でまことしやかに噂されているモノで。

「もしや、今度創刊されるという月刊エインヘリアルのことですか？」

「う……その話、ルサルカも知ってるんだ……」

「この基地でも噂になっていましたから。何でも聞くところによると、各地の戦況や出現ピラーの特徴が掲載され、軍内で広く情報を共有しようという試みだとか」

「う、うん、そうなのよね。そうなんだけど、それだけじゃないっていうか……」

ちょんちょんと指を突き合わせ、頬を赤くしたエイミーがルサルカから視線を逸《そ》らす。

そんな仕草一つにも可憐《かれん》さが溢《あふ》れていると思いながら、ルサルカは彼女が恥ずかしげにしている理由を推察した。

「……やはり、よくわかりませんね。そういえば関係ありませんが、月刊エインヘリアルの巻頭にはワルキューレのグラビアが掲載されるとか」

「関係は大アリよね！　ルサルカ、絶対わかってて言ってるでしょう！」

「――？　いえ、何のことなのか。もしかして、巻頭グラビアにはエイミーが？」

「ええ、ええ、そうです！　ほら、わたし、ファーストだから！　こういうことも最初に回ってくるっていうか、今思うとちょっとノリノリで恥ずかしいの！」

赤面して地団太を踏み、エイミーがその場に頭を抱えてしゃがみ込んだ。表情だけでなく、その動きまで落ち着きがない。

そこにも小動物めいた愛嬌《あいきょう》を感じて、ルサルカは彼女に手を差し伸べる。

「あ～、なんでわたし、あんな仕事引き受けちゃったんだろ……」

「若気の至りとは誰しもあるものです。一時の恥と割り切り、忘れてしまってもいいと思いますよ」

「そう割り切りたくても、写真のデータって半永久的に残るんでしょ……？」

ルサルカの手を取り、引き起こされるエイミーが上目遣いに聞いてくる。そんな彼女の縋《すが》るような眼差《まなざ》しに、ルサルカはなんと答えるか考えて、

「そうですね。技術の進歩とは目覚ましいものです」

「技術の進歩で納得させる気だ！　……ルサルカも、グラビアしたらわかるわよ」

「——？　もし話がきたとしたら、それが軍務なら受け入れるつもりでいますよ」

「またまた、そんなこと言って……目が本気だ！　根っからの軍人だ！」

「あまり褒めないでください。調子に乗ってしまいますので」

「褒めてない……褒めてないんだけど、褒めてないんだけど……」

何やら口惜しい様子で呟くエイミーに、ルサルカはよくわからないと首を傾げた。

その仕草を見て、エイミーはこれ以上の会話に不毛さを感じたようにため息。それから彼女は「それにしても……」と言葉を継いで、

「その感じだと、ホントに見てもわからないんだ……同じワルキューレ同士だし、てっきり一目でわかると思ってたのよね。だって、わたしはわかるから」

「それは……」

「ん～、それだと今までの腑《ふ》に落ちない反応の数々の謎も解けるかも。道理でみんな、何言ってんだこいつって顔すると思ってたのよね。失敗失敗」

納得とばかりに頷くエイミーだが、ルサルカにとっては初めて聞く見解だった。

「見れば、ワルキューレかどうかわかるんですか？　どうやって？」

「感覚的なモノ？　こう、ほんのり光って見えるみたいな。感じない？」

「……いえ」

　要領を得ない説明に、しばし、エイミーを見つめてルサルカは首を横に振った。

　エイミーの笑顔は輝かんばかりだが、それは普遍的なものであって、今のやり取りと符合するものではないだろう。どうやら、エイミーの語った感覚はルサルカの中にはないらしい。──そのことを、当然のことと受け止めた。

　背伸びせず、あるがままを受け入れる。

　それが、自分たちセカンドと、ファーストである彼女との明確な──、

「まぁ、大した自慢でもないわよ、こんなこと。そうね。このぐらいは一番上のお姉さんとしての特権と受け取っておきましょうか」

「……姉妹がいらっしゃるんですか？」

「ええ、とってもたくさんね。──あなただって、わたしの妹でしょう？」

「──」

「だって、わたしはファーストで、ルサルカはセカンドのワルキューレなんだから」

　姉妹よね、とエイミーに微笑まれ、ルサルカは息を詰めた。

　そんなこと、考えたこともなかった。

ワルキューレ同士、同じ使命を背負った同僚であるとは思っても、それを姉妹と呼ぶなどと想像の埒外《らちがい》だ。

その思いがけない考えに驚き、目を白黒させるルサルカをエイミーが覗《のぞ》き込んでくる。

「もしかして、照れてる？」

「呆《あき》れて……いえ、動揺して？　すみません、適切な言葉が見当たりません。ですが、強いて言うなら……」

「言うなら？」

「私の方がおそらく年上でしょうから、あなたの妹には当たらないのでは？」

「また情緒のないことを！」

ルサルカの回答を不満げに受け、エイミーが頰を膨らませる。

「想像してみて？　理屈の上では、自分より年下の継母だってありえるんだから、血の繫《つな》がらない関係なら年下の姉だってありなんじゃない？」

「自分より年下の継母、という状況をあまり想像したくありませんね」

「全部わかるけど、自分で出したたとえだからすっごく歯痒《はがゆ》い」

どうやら、ルサルカの答えはエイミーの膨らんだ頰を解消する役目は果たせなかったらしい。とはいえ、その印象を引きずる性格でもないらしく、

「でも、自分では殺し文句のつもりだったのに、通用しないなんてちょっと反省が必要だ

わ。家族にもよく言われたのよね。お前は勢いで先走りすぎるって」

「なるほど」

「すんなり納得されるの、納得いかないなぁ……」

途端、立ち直った顔が再び萎《しぼ》んで、本当にころころと表情の変わる少女だ。先走りはともかく、勢いがあるという点にはルサルカも全面的に同意する。

エイミーの、他人を自分のペースに巻き込むのは天性の資質だろう。それはルサルカが彼女に抱く、『苦手』意識ばかりが理由ではない。

「あ、そういえば、格納庫を見せてもらえる？」

と、一瞬で表情が切り替わり、エイミーの興味が次の対象に移った。

彼女の視線は廊下の窓、その外に見える基地の格納庫へと向いている。中には出動の機会に備え、入念な整備の行われている戦闘機と――、

「――英霊機」

その単語を口にするとき、ルサルカはいまだに恐れ多いものを感じる。

最新鋭の装備を搭載し、熟練の腕を持つパイロットたちが勇壮に空を舞わせる戦闘機と並んで、蒼穹《そうきゅう》を支配する侵略者に対抗する時代遅れのプロペラ機――。

大戦時、様々な国が開発競争に勤《いそ》しみ、現在では旧型どころか骨董品《こっとうひん》扱いされてもおかしくない、時の彼方《かなた》の空を制した旧時代の遺物。

それこそが英霊機、ワルキューレを戦乙女たらしめる最大の理由。

――かつて、ルサルカが絶望の空で目の当たりにした、光輝を纏う戦翼の象徴だった。

「そうそう。わたしの英霊機も、そろそろ搬入されてる頃だから。それに他の子の英霊機って、なかなかじっくり見られる機会もないんだもの」

そんなルサルカの震えに気付かず、エイミーが格納庫の方を眺めて目を細める。期待に胸を弾ませ、微笑んだ彼女にルサルカの胸が痛む。

だが、すぐにその痛みを無視し、ルサルカは頷いた。

「――。では、格納庫へご案内します。じきに隊の皆も集まるでしょうから」

「そうそれ！　それも楽しみだったの！　セカンドの中でも、ルサルカの隊は評判がとってもいいものね！　どんな話が聞けるか、ワクワクが止まらないわ！」

胸の前で手を合わせ、エイミーの紅の瞳が好奇心に光り輝く。

そのエイミーを「こちらです」と案内し、ルサルカは格納庫へと足を向けた。

ゆっくり、大きく足を踏み出して、エイミーより半歩前を先導する。

――そうすることで、彼女に表情を見せないよう、唇をそっと動かして。

「――ファースト」

囁《ささや》くだけの言葉は口の中で溶け、飛び立つことなく掻《か》き消えていった。

4

――ワルキューレとは、神が人類に遣わした反撃のための嚆矢《こうし》である。

などと書けば、いかにも胡散臭《うさんくさ》い印象を拭えないものだが、事これに限っては紛れもない事実であり、ワルキューレとは真実、神よりもたらされた希望の灯火《ともしび》だった。

突如として現れたピラーに対し、抗する手段を持たない人類は劣勢を強いられた。未知の『枯渇現象』によって領土を次々と奪われ、刻々と迫る滅びに怯《おび》える人類。

そんな窮地の人類へ、神を名乗る存在が接触してきたのはやはり突然のことだった。

『この私が誰かだと？　そんなことを議論している場合か？　俺が誰なら納得する。サンジェルマン伯爵か？　怪僧グレゴリー・ラスプーチン？　予言者ミシェル・ノストラダムス？　魔術師アレイスター・クロウリーか？　残念だが、僕はそのいずれの誰でもない。奴らはみんな人間だ。だが、私は、俺は、僕は、人間じゃぁない。――神だ』

『主神、オーディンここに。困ったときの神頼み、誰か助けてくださいと神にお祈りしただろう？　故に私が救ってやろう、人類。正確には、戦う手立てを与えよう』

世界各国の首脳が集まり、人類の今後を話し合う世界会議の場へ、厳重警備を易々と潜り抜けて割り込んだその人物は、厳かかつ尊大な態度で言い放った。

一笑に付すべき妄言を、しかし笑い飛ばすことなど不可能な状況で語った自称『神』に対し、各国首脳は恥ずべき英断――『神』の話を聞くことを選択した。

その選択が今日《こんにち》の人類に可能性を残した以上、それはまさしく英断であった。

『神』を自称する存在――オーディンは人類に、忌々しい光の柱と戦うための力を分け与えた。それこそが、戦う翼を担った戦乙女『ワルキューレ』。

唯一、この世界でピラーに対抗し得る、人類の最終決戦兵器である。

「――ルサルカ、ずいぶんとファーストに懐かれてるのね」

ロッカー室で着替える最中、隣の同僚に話しかけられたルサルカが眉を顰める。

あまり褒められた反応ではないが、この眉間の皺《しわ》だけは如何《いかん》ともし難い。最近、すっかりこの皺は常態化していて、自分で嫌になるほどだった。

「また眉間に皺寄せて。考えることが多いのはわかるけれど、そんな調子だと……」

「しかめっ面の老人になる、ですね。人生は顔に出ると。よく覚えていますよ」

「覚えておくだけじゃなく、実践しないと意味がないわよ。まったく」

と、くびれた腰に手を当てて嘆息するのは、同じ隊の副隊長であるセネアだ。緩くパーマのかかったブルネットの髪と、意志の強い青の瞳がよく似合っている。

普段は軍服の下に隠れた抜群のプロポーション、それが下着姿の今は惜しげもなく晒《さら》されていて、何となくルサルカは目のやり場に困った。

「ルサルカ、聞いているの？」

「聞いています。いますが、先に着替えを済ませてからでは？　女同士とはいえ、みだりに肌を見せるものではありません」

「シャワールームだって一緒なのに、今さら何を言い出すのやら」

「シャワールームでだって、私は軍人としての規範に従っているつもりです」

ルサルカの至極真っ当な訴えに、セネアは「はいはい」とおざなりだ。そのまま彼女は着替えの続きを始めるでもなく、ロッカーに軽く背中を預け、

「ファーストだけど、しばらく基地にいるみたいね。うちの隊と連携させて、どのぐらい戦術に幅が出るか見極めたいみたい」

「――。そうですか。他の二人の反応は？」

「カナンとヴィッキーは歓迎ムード。あの子たちはミーハーなところあるし、『戦翼の日』の立役者と会えて大喜びよ。可愛いものよね」

「では、二人がファーストに悪影響を与えないよう、目を光らせておかなくてはなりませ

んね。ご忠告感謝します」

「忠告なんて言い方やめてよね。私はあなたの隊の副隊長なんだから」

形のいい眉尻を下げ、セネアがどこか寂しげに言ってくる。それを聞いても、ルサルカは今一度、「感謝します」としか言ってやれない。

そのまま着替えを終えて、ルサルカはセネアより先にロッカー室を――、

「ねえ、ルサルカ。――大丈夫なの？」

出ようとした背中に、セネアの声がかかった。

一瞬、その主語のない問いかけに足を止めかけ、鋼の意思で自制する。

「あなたこそ、早く着替えてください。食事の時間がなくなりますよ」

「私、一日一食しか食べないから。でないと、くびれが維持できないでしょ？」

「軍人らしく、食べられるときに食べておくのをお勧めします」

「そりゃ、食べたものが全部胸にいくルサルカはいいでしょうけど……」

ぼやくセネアの声を遮断するべく、今度こそロッカー室をあとにする。閉まった扉の向こうでは、取り残された副隊長の「もうっ」とロッカーを叩《たた》く音がしていた。

「まったく……」

とは言いつつも、ルサルカの心中は晴れない。セネアと正面から向き合わない自分に呆れ、ロッカーだけでなく、自分の心まで叩かれたような気分になる。

一緒に過ごす時間が長い相手とはいえ、すっかりセネアに胸中を見透かされている。表情がなくて、何を考えているのかわからない自分はどこへいったのか。

その調子が崩れ始めたのは、間違いなく直近の出会いが関係していて。

「あ、きたきた！ ルサルカ、こっちこっち！」

食堂に入った途端、ルサルカを元気よく呼ぶ声がする。

見れば、基地の食堂の一角に設けられた専用の席——通称『ワルキューレエリア』で大きく手を振っている人物がいた。

潑溂《はつらつ》とした声に向日葵《ひまわり》のような笑顔、見間違えるはずもなくエイミーだ。彼女は自分の隣の空席を叩いて、ルサルカを隣へ呼びつける。

そのエイミーの様子に、ルサルカは小さく吐息をこぼすと、その席を素通りした。

「あれあれ？ なんでそっちにいくの？ 聞こえづらかった？ おーい！」

「いえ、聞こえていますよ。これは聞こえなかった振りです」

「あ、なんだ、振りだったんだ……何のための!?」

「冗談です」

エイミーが目を白黒させたので、大人しく彼女の隣の席へ腰を下ろした。すると、エイミーは何が楽しいのか、ルサルカの横顔をにこにこと眺め、

「遅かったじゃない。待ちくたびれるところだったわ」

「すみません、待っていてくれたとは気付かず。……私の隊の、カナンとヴィクトリカがお相手してくれているものと思っていました」

「あの二人ともさっきまで話してたんだけどね。誰かに呼び出しを受けたみたいで、わたしは一人寂しく待ちぼうけてたってわけなの」

唇を綻ばせ、エイミーがその口元にコーヒーを運ぶ。そんな彼女の話を聞いて、ルサルカは周囲を見やり、静かに得心した。

食堂に他に人がいないわけではない。ただ、エイミーが遠巻きにされているだけだ。だがそれは、決して彼女が疎まれているからではなかった。

その逆だ。――エイミーは、特別の中の特別だから。

「こういうとき、自分の隊がない渡り鳥は寂しい思いをするのよね」

「……セカンドとファーストでは、運用の形態があまりに違いますから」

「意地悪ね」

ルサルカの一言に、エイミーが短くコメントする。

その後、すぐに彼女は「冗談、冗談」と付け加えて微笑み、

「もちろん、わかってるのよ？　単独運用と小隊運用じゃ、方向性が全然違うもの。そもそも、単独運用なんて言い方が大げさなのよ。だって」

そこで言葉を切り、短く息を継いで、

「だって、『ファースト・ワルキューレ』はこの世にわたししかいないんだから」

その瞬間、エイミーの微笑が小揺るぎもしなかったことにルサルカは驚嘆する。

彼女が言葉にした事実、その自負がいったいどれだけの重みを伴うモノか、ルサルカには到底想像もつかないものだった。

——ワルキューレとは、神が人類に遣わした反撃のための嚆矢である。

そして、その最初の一人、この世で唯一のファースト・ワルキューレこそが——、

「エイミー」

彼女は世界で唯一の称号を背負い続けている。

初めてルサルカと出会ったとき、格納庫で同僚たちに対面したとき、基地の全員の前で着任の挨拶をしたとき、全ての場面で彼女は同じように名乗った。

——ファースト・ワルキューレ、エイミーと。

「あなたは、家名を名乗りませんね」

ふと、そんな一言が口をついて出ていた。

思わず口にしてしまってから、ルサルカは自分がひどくデリケートな話題に触れたのではないかと後悔する。

物事にはなんであれ理由がある。ルサルカがこうして軍人をしていることにも、エイミーが家名を名乗らないことにも、何かしらの理由が。

しかし、そんな小さな後悔を覚えるルサルカに、エイミーは首を横に振った。

その仕草一つに、まるで「気にしないで」とでも言われたような気持ちにされて。そんな印象を助長するように、エイミーはペロっと舌を出して、

「そんな心配しなくって大丈夫。別に家族仲とかが悪いわけじゃないから。……悪かったわけじゃない、の方が正しいかも」

「過去形、ということは……」

「あ、ごめんごめん、また紛らわしいこと言っちゃった。そうじゃないの。わたしの家族はちゃんと元気よ。ただ、会いづらくなっちゃったの」

「――――」

長い睫毛《まつげ》に縁取られた瞳を伏せ、エイミーの言葉の後半が小さくなる。

会いづらくなった、という言葉の意味を推し量るのはあまりに容易い。それこそ、この話の切っ掛けとなった通り、彼女はファースト・ワルキューレなのだ。

人類一丸とならなくてはならない苦境においても、血迷った行動をするものは一定数現れる。そうした不慮の事故から身を守るためにも、エイミーの存在は最高機密として軍が守らなくてはならない聖域なのだ。

「月刊エインヘリアルの創刊が物議をかもすのも当然でしょうね」

「あの月刊誌のこと、この話題のテーブルに乗せられるのって抵抗あるなぁ……」

物憂げなルサルカの吐息に、エイミーが微苦笑しながら頬を掻《か》く。

「ちょっと誤解があるかもだけど、わたしと家族とを引き離したのは軍じゃないから。そこは誤解しないであげてね」

「そう、なのですか？　だとしたら、いったい誰が……」

「――神様」

短い一言。その、会話を断ち切るような言葉の響きにルサルカは息を詰めた。

そんなルサルカの反応に、エイミーはほんのりと眉尻を下げ、寂寥《せきりょう》と哀切、理解と無理解を混ぜこぜにしたような表情を作った。

「わたしが名字を名乗らない理由は簡単。神様にあげちゃったから」

「神……主神、オーディンに」

「そそ。我らが父なる神様、オーディン。今日からお前は自分の娘だーってね。あんな見た目してて、何言ってるのって感じだけど」

くすくすと、エイミーが自分の口に手を当てて笑う。

その態度と発言は、不敬とも取れるものだった。

人類にピラーと戦うための力を与えたオーディンは、不確かな偶像であった神の実在を、その力と言葉によって証明した。

つまり、今のエイミーは神を笑ったも同然、場合によっては軍法会議ものである。

しかし、そんな形式的な忠告をどうしてできよう。先ほどの、エイミーの浮かべた複雑な表情を見て、なおもそれが言えるのはよほどの冷血漢だけだ。

だから、ルサルカはその事実に嚙《か》みつかない。——否、そうではなかった。

ルサルカが嚙みつかなかったのは、それとは異なる理由だったが——、

「……あなたは、どうやって主神に選ばれたんですか？」

「お？　やっとわたしに興味が出てきたの？　ふふー、嬉《うれ》しい嬉しい」

「話したくないなら……」

「あ、違う違う、誤魔化《ごまか》そうとしてないから。誤解しないでね」

ふと、ため息のように問いかけたルサルカにエイミーが首を横に振った。彼女はコーヒーのカップをテーブルに置くと、そっと目を細める。

刹那、紅の瞳を複雑な感情が過《よぎ》るのがわかった。

その複雑な感情を宿したまま、エイミーはしばらく言葉を選ぶように黙り込む。ルサルカも口を閉ざし、静かに彼女が話し始めるのを待った。

「——」

「——」

「——あの」

思ったより沈黙が長引いたので、ルサルカは耐え切れなくなった。

「やはり、話しづらいのでしたら……」

「違うの！　話しづらいわけじゃなく、何から話したものかと……ううん、そんなにエピソードが豊富なわけじゃないんだけど、始まりがややこしくて」

「ややこしい、ですか？」

「ええと、ほら、オーディンが最初に現れたのって首脳会談だったでしょ？」

苦悩するエイミーの言葉にルサルカは頷いた。

オーディンが人類の前に初めて姿を現したのは、ピラーによる侵略戦争が始まった一年後の首脳会談の場だった。

当たり前だが、それまでの人類はあくまで自分たちの力でピラーと対抗する術《すべ》を模索しており、神頼みなど妄想以外の何物でもなかった。

「ですが、会談の場に現れたオーディンはその場で力を証明してみせた。ピラーと戦うことが可能となる英霊機と、それを操るワルキューレ。つまり……」

「わたし、よね」

「神話の出来事だったと、軍でも語り草になっています」

神が人間に戦うための矛を与えるなど、まさしく神話の一節だ。

実際、その現場に居合わせた各国首脳たちの衝撃は想像することもできない。同じ場面の当事者だったエイミーは、今のルサルカの話に顔を真っ赤にしているが。

「神話は、神話は言いすぎじゃないかしら……」

「実在した神が、人類に与えた矛があなたです。神話以外の何物でもないのでは？」

「もうやめて、お願いだから。死んでしまいます」

よほど恥じらいが強いのか、赤面したエイミーの必死の訴えにルサルカは頷《うなず》く。

ともあれ、そうした事実を下敷きにして、先の話の続きを促した。

「それで、そのことがどうかしましたか？」

「その、つまり、首脳会談の時点でオーディンの存在は知られてなかったわけじゃない。もちろん、わたしだって本物の神様なんて会ったことなかったし……」

「なかったから？」

「早い話、最初は全然信じられなかったのよね、オーディン」

舌を出して、過日の失敗を恥じるエイミー。その言葉に軽く目を見開いて、しかしそれは彼女を責められまいとルサルカは考える。

誰であれ、神を名乗る存在が現れれば最初は疑ってかかるのが道理だ。

最終的にエイミーはオーディンの言葉を信じ、ワルキューレとなって、今も人類のために最前線で戦い続けている。――だから、[redacted]ではない。

「――。最初は夢で声が聞こえるだけだった。それがどんどん近付いてきて、いつの間にか起きてる間も聞こえるようになって。それで……」

「……それで」

それで、どうなったのか。

オーディンとどう出会い、そこからどうして神話の一節を描くこととなったのか。

しかし、その続きがこの場で語られることはなかった。

「――――」

――二人の会話を断ち切るように、基地中にサイレンが鳴り響く。

基地の交戦圏内で、この世の道理を弁《わきま》えない光の柱が立ち上った報告だ。即座に軍の出動が――否、ワルキューレの出動が要請される。

「スクランブルです」

「話の続きはまた今度、みたいね」

椅子を蹴るように立ち上がり、ルサルカとエイミーが視線を交わして走り出す。

即座に飛行服に着替え、格納庫へ飛び込み、英霊機を飛ばさなくてはならない。

一秒でも早く、一人でも多く、ワルキューレとしての使命を果たすべく。

もう二度と、ワルキューレを[redacted]てもいいように。

――ルサルカとエイミー、二人のワルキューレは翼の下へ駆け抜けた。

5

──戦場の空を舞うエイミーは、地上の彼女とは別人のように見えた。

「──」

金色の翼が雲を切り裂き、交錯するピラーが若木となって消滅する。

銃弾すら用いず、翼で敵を両断するファースト・ワルキューレのお家芸。その凄まじさを見て取り、通信機越しに誰かの口笛が鼓膜を叩いた。

常識に則《のっと》れば、空中で障害と激突した主翼は折れ、墜落して当然の蛮行と言える。

だが、それを可能とするのが英霊機。──人知の及ばぬ神の加護によって、本来のスペックとは比較にならない超性能を実現した『戦翼』だ。

英霊機はいずれも、かつての世界大戦時の機体をモデルとしている。

それには戦闘機そのものの認知度や歴史の重み、いわゆる『信仰』が関係していると聞いているが、それらに論理的な根拠を持たせることは無意味で不可能だ。

『端的に言えば、愛だよ、愛』

とは、英霊機を授かった際に受けた説明、その結びの一言だった。

それが真実なのか、虚言なのかは定かではない。ただ、おそらくは前者であろうと確信しながら、ワルキューレを乗せて英霊機は空を舞う。

モデルの戦闘機そのままに修理と整備を必要とし、空を雄々しく飛ぶために効率の悪い燃料を大量に積み込む。そして、本来のスペックでは実現し得ない速度と耐久力——すなわち戦闘力を発揮し、光の柱へ対抗するのだ。

——エイミーの英霊機、『ホーカー・フューリー』が蒼穹を我が物顔で踊る。

常時は銀色のエイミーの英霊機は、戦場の空でのみ金色に輝く。空の支配者を気取るような少女の傲慢、それをピラー——海洋生物のウミウシを模した小型の群れが、軟体自在の触手を鞭《むち》のように操り、鼻っ柱ごと黄金の翼をへし折らんとする。

瞬間、螺旋《らせん》を描く黄金が嵐の如くピラーをまとめて葬り去った。

「——ターシャリ・ピラー、九体消滅」

無機質な声が告げる戦果、それを聞いた腕に力が入り、操縦桿《そうじゅうかん》がわずかに軋《きし》んだ。

負けてはいられない、と威勢よく吠《ほ》える声が聞こえる。

フォーメーションを乱すな、とその勢いを咎《とが》める声も続いた。

二人とも落ち着いて、と一歩引いてそれらを窘《たしな》める声もする。

「————」

そのいずれの声も、自分のものではない。

士気高揚の雄叫《おたけ》びも、増長を戒める忠告も、両者を制する呼び声も、全て違った。

どれであってもおかしくない立場で、どの言葉も喉を出てこない。

「――っ」

強く歯を噛み、機体の旋回に合わせて体を傾けた。斜めに傾いだ視界に飛び込んでくるのは、こちらの接近に遅れて気付くピラーの一体だ。

ピラーは明後日の方向に向けていた触手を戻し、こちらへ叩《たた》き付けようと――、

「遅い」

真っ直ぐ、弾丸もかくやという速度で射出される触手への感想がそれだ。

英霊機に搭乗し、ゴーグルを下ろした視界は広く、鮮明だ。それこそ弾丸が届くまでの間、右と左、どちらへ回避するか悩む時間さえある。

その極限の集中力を操り、押し寄せる触手の牢獄《ろうごく》を突破、同時に照準を敵の中心に合わせ、銃火の発射ボタンを押し込んだ。――唸りを上げ、機銃が火を噴く。

唸《うな》る機銃の銃口には、淡い光を放つ幾何学的な紋様が宿る。銃弾はその紋様をすり抜けるように射出され、次々とピラーへ着弾、異形の全身が震えた。

通常兵器では弾《はじ》かれる一撃が、確かにピラーの命へと届いた瞬間だ。

「――ぁぁあああ！」

いつしか、強く強く声を上げていた。

自分とは思えないほど感情を剝《む》き出しに、銃弾が尽きるまでピラーの命を削り取る。

生き物の形をしているが、生物ではないピラーは血を流すこともない。それでも痛みは

あるのか、声なき声を上げる姿はまるで許しを請うているようだ。

無論、侵略者を許す道理などない。

「――――」

機首がぶつかる寸前で敵を回避し、そのままピラーとすれ違う。

全身におびただしい傷を負ったピラーだが、消える瞬間まで奴らの動きに停滞はない。

生命の不都合な点には目をつむった卑劣な生態だ。

ウミウシは俊敏に振り返り、再び触手を鞭のように振るって、

「――――」

その反撃を、後ろから続いた三機の連携が実行させない。

こちらと同じく、急加速して迫る三機の機銃が唸り、三方向からの鉄の牙がピラーの全身へ喰《く》らいつく。根本から触手が千切れ、銃弾が開けた胴体の穴が繋《つな》がり、ついには大きな穴となって向こう側が透けて見える。

「――――」

命の限界を超えて破壊されたピラー、その動きが不自然に止まる。

刹那、ピラーは淡く発光し、その内より膨れ上がる若木に食い破られ、形を失った。

「消滅現象、確認」

唇を震わせ、眼下へ落ちていく若木を見届ける。

地に落ちた若木は砕かれることなく、大地にしっかり自らの根を下ろす。途端、若木を中心に荒廃した大地に緑が芽吹いた。思わず、目の奥が熱くなる。

大地から奪われたモノを大地へ返す、その当然の道理がここに実行された。

届く、確実に届くのだ。——神に授かった力は、敵の喉元へ確かに届く。

だから——、

「——エヴァレスカ隊、ターシャリ・ピラー、一体撃破」

「——」

無線機から、無機質なオペレーターの声が聞こえる。極力感情を排した報告が、直前のこちらの戦果を全軍へ通達してくれる。

それは希望だ。あの、憎き光の柱に人類の攻撃が届くと、それを知らしめる希望。

たとえ——、

「ならびに」

「——」

「——『ファースト』、ターシャリ・ピラー、五十三体撃破」

——たとえそれが、本物の希望と比べてどれほど小さくとも、希望なのだ。

6

「あー、やっぱりエイミーちゃんはすごいにゃー。アタシよりずっと年下なのにねー」

「あそこまでだと、練度の違いとは言えないわ。とても立派なことよ」

「待って待って、あんまり頭撫《な》でないで！　あうあうあう〜」

戦果報告を終えたルサルカが格納庫に戻ると、そんな姦《かしま》しい声が聞こえてきた。

見れば、顔を赤くして逃げ回るエイミーの姿と、そんなエイミーを追いかけ回している飛行服姿の女性たちが視界に飛び込んでくる。

エイミーを追いかけるのは二人の女性、長身で明るい茶髪を二つに括《くく》ったヴィクトリカと、口元のほくろと怜悧《れいり》な美貌が特徴的なカナンだった。

二人ともルサルカの隊のワルキューレであり、揃って年下のエースパイロットにご執心の様子。捕まえたエイミーを抱きしめ、頭を撫でたり頬ずりしたりする。

やりたい放題な様子だが、何とも元気なものだとルサルカは呆《あき》れ、感心もする。

当然、この二人も直前の戦闘に参加し、死線を潜ったばかりのはずなのだから。

「それなのに、ずいぶんと体力が有り余っているんですね……」

「むむ！　いるならいるって言ってよ、ルサルカ！　ほら、早く助けて」

現れたルサルカを見て、パッと顔を明るくしたエイミーが駆け寄ってくる。その勢いに腕をほどかれ、ヴィクトリカが「あんっ」と残念そうに喉を鳴らした。

「やー、また隊長のとこ逃げる。隊長ったらズルいんだから」

「ズルいと言われましても……」

「はー、落ち着く。我が故郷に帰ってきた気分……」

「それも言いすぎでは……」

不満げなヴィクトリカと、自分の腕に抱きついてくるエイミーにルサルカは渋い顔。そんな様子を、少し離れた位置から眺めるセネアが笑っている。

その、一人だけ傍観者気取りのセネアをルサルカがじろりと睨《にら》んだ。

「セネア、笑っていないで何とか言ってください」

「何か言えって何を？　うちの子たちは可愛いわねとしか思わないけど、それでいい？」

「……良くはないです」

セネアの返答に、隊長と副隊長間の相互理解の拙さを感じて不安になる。しかし、セネアの目つきが悪戯《いたずら》っぽかったので、おそらく今のは冗談の類《たぐい》だ。

そんな内心の理解を得ているると、ふとエイミーが抱くのと逆の腕が重くなる。

「何をしているんですか、カナン」

「エイミーの真似っこ。ダメ？」

「年甲斐《としがい》のないことをしないでください」

そう言って、左腕にしがみつくカナンにルサルカは嘆息した。

見目麗しい少女たちに腕を抱かれ、見る人が見れば羨ましがられる状況かもしれない。

だがしかし、ルサルカ的には純粋に重くて暑苦しいだけだった。

「ですから、あなたまでくっついてこないでくださいね、ヴィクトリカ」

「むゅっ！　ル、ルサルカはアタシだけのけ者にするの……？」

「こうして、無意味に接触することを拒否するのかどうか、という観点からお答えするなら、そうです。ヴィクトリカはのけ者です」

「言い方が！　言い方がきつい！」

ヴィクトリカが自分を抱いて、おろおろと泣き崩れる真似をする。それを無視して、ルサルカは両腕の二人を器用に振りほどくと、一歩下がった。

そして、格納庫に残っていたワルキューレ四人を見据えると、

「それで、こうして撤収しないで残り続けていた理由はなんです？」

「そんなに眉間に皺《しわ》寄せてないでよ。みんな、ルサルカが戻るの待ってただけだから」

「私を？」

「ええ！　大勝利だったんだし、喜びを分かち合おうと思って」

首を傾げるルサルカの前で、エイミーがぐっと拳を掲げてくる。一瞬、戸惑ったルサルカだったが、すぐに彼女の拳に拳を合わせた。

すると、「お」とエイミーが軽く目を見開いて、

「驚いた。ルサルカ、こういうの付き合ってくれるんだ」

「求められたから応じただけなのに、驚かれるんですか？」

「ごめんごめん、ノリが良くて意外だったから。ほら、全然そんなイメージなくて」

ひらひらと手を振り、悪気なくはにかむエイミーにルサルカが半眼になる。

初対面のとき、いかがわしい発言が褒め言葉になると思っていただけに、エイミーの言葉選びには頻繁に物申したい部分が発生する。

さすがに今のやり取りには、セネアたちも苦笑気味で顔を見合わせていた。

「あれ？　もしかして、また変なこと言っちゃった？」

「いえ、よくあることですから気にしないことにします」

「あ、そう？　やっぱり、みんなよくやることなんだ？」

「訂正します。エイミーにはよくあることですから、気にしないことにします」

「あれ～？」

傾げた首をさらに大きく傾げるエイミー、そんな彼女にルサルカの肩から力が抜ける。

それから、ルサルカは自分の手に視線を落とした。

「私も軍人です。男社会に溶け込むには相応の努力を必要としました」

「男社会に溶け込む。……ごくり」

「いかがわしい意味ではありませんが」

「そ、そんな風に思ってないわよ!?　ぜ、ぜぜん！　本当に！」

両手を大げさに振るあたりが怪しいが、ルサルカは深くは追及しなかった。そのルサルカの様子に、エイミーが「それなら」と言葉を継いだ。

「ルサルカがワルキューレになったのって、軍の命令？」

「――。そうですね、その通りです。私たちの世代は大半がそうですよ」

質問にルサルカが頷《うなず》けば、セネアやヴィクトリカ、カナンの三人も同じく頷く。

何ともらしくない態度こそ目立つが、彼女らも職業軍人だ。ルサルカ同様に、ワルキューレとなる前から軍に籍を置いている。

とはいえ、ワルキューレになる前の兵科はそれぞれ別で、元々パイロット志望であったのはルサルカとヴィクトリカの二人だけだ。セネアとカナンの二人は適性があると認められ、ワルキューレとなった際に転属した形になる。

「セネアは衛生兵で、カナンは通信兵でしたね」

「そう。できるオペレーターだった」

ルサルカに腕を振りほどかれ、手持ち無沙汰《ぶさた》のカナンがヴィクトリカと腕を組む。やや身長差のある二人なので、姉に甘える妹の構図にも見える。

「――」

「エイミー？　どうかしましたか？」

「えっ！　あ、ううん！　ただ、セネアが衛生兵ってすごい納得って思って。衛生兵ってつまりお医者さんでしょう？　注射とか得意そう……」

「ふふっ、実際、得意だったのよ？　機会があったら、エイミーにも体験させてあげる」

エイミーからの評価を受け、怪しく微笑むセネアが見えない注射器を揺すってみせる。

その仕草にエイミーは肩を震わせ、さっとルサルカの後ろに隠れた。

「あら、嫌われちゃった？」

「そ、そういうわけじゃないのよ。ただ……」

「そうじゃなかったら……もしかして、注射が怖いとか」

「ギクッ！」

悪戯っぽい目をしたセネアが、からかいがいのある相手を見つけた顔になる。

普段から良識があり、頼れる副隊長であるセネアだったが、たまに覗かせるこうした悪癖だけが玉に瑕《きず》だ。ルサルカは深く嘆息すると、

「よしてください、セネア。大体、エイミーが注射を怖がるはずもないでしょう。確かに年齢こそまだ幼いですが、それで侮るのは彼女への侮辱ですよ」

「そうよそうよ、って言おうと思ったんだけど、幼いって表現はどうなの？　ルサルカにはわたしがいったいいくつに見えて……」

「……十三歳、くらいでは」

「想定外！　十五歳！　十五歳だから、わたし！　立派な大人のレディ！」

ぴょんぴょんと手を挙げて飛び跳ねるエイミーが、大人扱いを要求してくる。

自分自身の主張の落ち度を現在進行形で証明しているように見えるが、正直なことを言えば、十三歳でも十五歳でも、ルサルカの――否、四人の軍人の感情は変わらない。

エイミーはその表現を嫌ったが、やはり、幼いというべきなのだと。

「ぶー。そんな大人ぶったルサルカたちの方こそ、いったい何歳なのよ」

「私は十九歳ですよ。まだなりたてですが」

「ルサルカ、十九歳なの!?」

思った以上の反応があって、ルサルカは訝《いぶか》しむように眉を顰《ひそ》めた。

この驚きよう。いったい、エイミーには自分が何歳に見えていたのかと。

「……いえ、聞くのが怖いので、やはり言わなくても」

「ねね、エイミーちゃんにはルサルカって何歳に見える？　おせーて」

「ヴィクトリカ……」

「ちなみに、アタシは二十二歳ね。ちゃんと大人のお姉さんなのだよ」

ルサルカがあえて聞かなかったことを、この年上の部下はあっさりと突破する。そのことをじと目で抗議するが、当のヴィクトリカはどこ吹く風の様子だ。

そして、彼女の問いかけにエイミーは考え込み、ちらとルサルカを上目に見て、

「……怒らない？」

「質問に回答して私が怒ったら、それはいくら何でも理不尽かと思いますが……その聞き方だと、私が怒りそうな回答ということですよね？」

そんな風に言われては、ルサルカだって聞きたいとはとても思えない。

「じゃ、仕方ないからアタシにだけこっそり」

「それはズルい。私にも聞かせて」

「あ、だったらせっかくだし、後学のために私にも」

そうしてルサルカが聞き取りを辞退すると、物好きな三人がエイミーを取り囲んだ。

ヴィクトリカに悪ノリするカナンはともかく、セネアはその話を後学の何に活《い》かすつもりでいるのか。どうせ、ルサルカをからかうバリエーションにだろう。

ひそひそ話が妙に盛り上がっているのを横目に、ルサルカはすでに気が重い。

「あー、笑った笑った。あ、気を落とさないでいーからね、ルサルカ」

「次の査定を楽しみにしていてください」

「ぎゃあ！　大人げな！」

「大人扱いされたいのでしたら、もっとそれらしく振る舞ってください。対岸の火事みたいな顔していますが、セネアとカナンもですよ」

大人げない相手には大人げない対応をする。これを責められる謂《いわ》れはない。そうして、一人だけ被害を免れたエイミーが、ホッと胸を撫《な》で下ろしているが。

「エイミー、あなたもです。何らかの大人げない対処をしますよ」

「ええぇ！　大人げない対処って何する気なの？　まさか、わたしと一緒にご飯を食べてくれなくなるとか、シャワー浴びてくれないとか、膝枕してくれないとか……」

「……六割ぐらい、心当たりのない話でしたが」

ともあれ、こうして釘《くぎ》を刺しておけば、今後はこの内容で悪さはしないだろう。少なくとも、しゅんと項垂《うなだ》れたエイミーは。

「ヴィクトリカも、せめて形だけでも反省してください」

「はーいはい」

「これ、わたしでも反省してないってわかる……」

適当な返事をしたヴィクトリカにエイミーが微苦笑。それから、エイミーは「あれ？」と指に頬を立てながら首を傾げた。

「ルサルカが十九歳で、ヴィッキーが二十二歳……だったら、どうしてルサルカの方が隊長をしてるの？」

「それは単純に、私の方が軍歴が長いからです。あと、成績ですね」

「座学……座学が鬼門で……」

胸を押さえ、事実を言われたヴィクトリカが眉間に作った皺を深める。

しかし、二人の答えを聞いて、むしろエイミーの疑問はより深まった様子で。

「……でも、ヴィッキーは元々パイロット志望だったんでしょ？　それなら、元お医者さんのセネアの方が副隊長やってるのって変じゃない？」

「おかしくありませんよ。この落ち着きのないヴィクトリカに副隊長の役目を任せるなんて、考えただけでも血が凍ります。見てください、この鳥肌を」

「また芸が細かいんだから隊長ったら。そんな鳥肌なーんて……ホントに立ってる！」

ルサルカの腕の様子に、エイミーとヴィクトリカがきゃいきゃいと騒ぐ。と、そうひとしきり騒いだところで、「それにしてもさー」とヴィクトリカが片目をつむった。

「結局のとこ、ピラーなんてものが現れなきゃ、アタシたちがパイロットなんて夢のまた夢だっただろーね。乗れてハッピー、なんて喜べる状況じゃないけど」

「それだけ、軍も人手不足」

ヴィクトリカが肩をすくめ、無表情ながらカナンが声の調子を落とした。

――ルサルカたちがパイロットになった経緯、それはピラーが出現した当初、得体の知れない敵を相手に人類が敗戦を重ね続けた影響が大きい。

未確認存在が敵だろうと、軍人は市民を守るために戦わなくてはならない。そうなれば当然、先陣を切って敵と矛を交えるのは現役のパイロットの役目だ。

そうして、多くのパイロットが不明存在との交戦を余儀なくされた。

攻撃が通じない相手との戦いなど、どれほど技量があろうと勝算はない。彼らの戦いは惨憺《さんたん》たる結果となり、その稼いでくれた時間と情報が今を作っている。

そして、座るもののいなくなった空席は、後を継ぐものたちが埋めるしかない。

その枠に収まったのが、速成教育を終えて軍人となったルサルカたちの世代だ。

本来であれば若すぎる年齢ではあったが、他にやれるものがいなかった。故に、欧州軍に限らず、世界中の軍人の平均年齢は大きく下方修正されている。

ルサルカたちが空を飛ぶのは、時代と戦況がそうせざるを得なかったから。

だから空を飛んでいるのかと言われれば、それは正解であり、間違いでもある。

「嫌々飛んでるわけじゃない。私たちは、自分たちで選んだもの」

「……ええ、そうですね」

ルサルカの心情を引き取り、セネアが静かな声音でそう言った。その彼女の言葉にルサルカは頷く。ヴィクトリカとカナンも、同じく頷いた。

時代がそうさせたのは事実だが、選択肢が全くなかったわけではない。

残された選択肢の中で、この立ち位置を選び取ったのは自分たちだ。そして、それを悔やんだり、恨んだりすることもない。

「まぁ、そんな気構えだから、せめてもうちょっと頑張りたいんだけどさ」

頬を掻《か》いて、直前までの稚気を隠したヴィクトリカが力のない笑みを頬に浮かべる。彼女の視線がちらと向くのは、すぐ傍らに立つ年下のエースであり、

「今回の出動でも、エイミーちゃん一人でアタシたちの何倍もやっつけてるでしょ？　正直、すごいすごいってだけ言ってる場合じゃにゃーよね」

「同感」

圧倒的な戦果の違い、それを言葉にしてヴィクトリカたちが頷き合った。その二人にエイミーは「えー」と謙遜した様子だが、それは厳然たる事実である。

「――」

今回、ルサルカたちが落としたピラーは全部で七体。

はっきり言って、これは基地の記録に残る大戦果だ。欧州戦線の各基地にはルサルカたちと同じくワルキューレが配属されているが、一回の戦闘で安定して五体以上のピラーを撃墜できるのは、ルサルカたちをおいて他にはいない。

ピラーとの戦いは基本、ワルキューレを先頭に立たせて注意を引きつけ、その間に民間人の避難誘導や、友軍の撤退を支援する流れになるのが常だ。

早い話、ピラーとの戦いは敵の殲滅《せんめつ》をほとんど想定していない。無論、敵の引き起こす『枯渇現象』に対抗するためにも、倒せるなら倒せた方がいい。

だが、簡単な話ではないのだ。――少なくとも、ルサルカたちの世代では。

そんな状況下で、七体ものピラーを撃破したルサルカたちの功績は破格と言っていい。

しかし、そんな破格の戦果さえもエイミーの前では霞《かす》む。

何故なら——、

「……七十四体」

ぼそりと、ルサルカの口の中だけで呟《つぶや》かれた数字。

それがエイミーが単独で叩《たた》き出した、文字通り桁違いの戦果だった。

そうやって数字で見ると、はっきりと痛感させられる。自分たちと、彼女の格差を。

——神に選ばれたモノと、神に選ばれにいったモノとの、圧倒的な格差を。

「そう言えば、ルサルカの歳以外にもエイミーちゃんに聞きたいことがあったんだった！」

ルサルカが物思いにふける傍ら、ふとヴィクトリカが手を打った。その彼女の勢いを受け、エイミーが目を丸くして首を傾げる。

「わたしに？」

「そうそう！　小耳に挟んだんだけど、このところエイミーちゃんがあちこちの基地を転々としてるのって、スカウトって話はホント？」

「スカウト、ですか？」

思いがけない単語が飛び出し、ルサルカは訝《いぶか》しむように眉根を寄せた。その眉間の皺に
セネアの視線を感じながら、エイミーの方に空色の瞳を向ける。

すると、エイミーは「あちゃー」と自分の顔を掌《てのひら》で覆っていた。

「その反応、イエス?」

「イエスとも、ノーとも言いづらくて……それ、どこで聞いたの?」

「美人で可愛いワルキューレには、色んなツテがあるのだよ、チミ」

腕を組み、存在しないヒゲを撫《な》でる仕草をするヴィクトリカ。情報の出所はともかく、エイミーのそれは図星を突かれたものの反応だ。

そんな反応をした上、注目を集めたエイミーは短く息をつくと、

「怒らないでね? みんなを勝手に品定めしてたみたいで感じが悪いから……」

「そうは思わない。ファーストのお眼鏡に適《かな》えば光栄」

「つまり、ヴィッキーの話は本当なのね。……エイミー主体の小隊を作るってこと?」

「厳密には、わたしと一緒に飛んでくれる小隊探し、かな。今まで通り、わたしが単独で運用されることはあまり変わらないんだけど……」

「気心が知れた仲間が欲しいと! それでそれで、仲間を求めて各地を飛ぶと!」

ぐっと拳を固め、ヴィクトリカが力説したのにエイミーが薄く微笑む。肯定も否定も言葉ではしなかったが、態度がそれを肯定していた。

「どーお? それで、アタシたちはエイミーちゃんのお気に召した?」

「えー、どうかなー」

「お、こやつ、焦《じ》らすではないかー」

はにかんで明言を避けたエイミー、その頰をヴィクトリカが追及するようにつつく。そのつつくのと反対の頰を、同じくカナンが指でつつきながら、

「大丈夫。ルサルカべったりだから、見込みあり」

「それな！」

「もうもう！　二人とも勝手ばっかり言って！」

つつかれる頰を膨らませて、エイミーが紅の瞳で二人を睨みつける。そうして年上に食ってかかる姿は可愛らしく、年相応の少女だとルサルカにも思えた。

とてもその小さな体に、人類の希望を背負った十五歳の少女には見えない。

「――――」

ふと、食堂で一人、誰もいない空間を占有するエイミーの姿が頭を過《よぎ》った。

一人を望むものはそう多くない。だが、誰もが彼女をああして遠巻きにするしかない。

最も空を渇望される少女は、陸でさえ孤独を強いられる。

そんな彼女が仲間を、翼を並べる戦友を求めるのは当然のことだった。

だから、そうして同僚たちと戯れている姿こそが、本来の彼女の姿なのだろう。

だから――、

「──エヴァレスカ大尉、ファーストとの連携はどうだ？」

「────」

だから、その問いかけを受けたとき、ルサルカは一瞬だけ返答を躊躇《ためら》った。

その躊躇いが稼いだ刹那で、ルサルカの脳裏を様々な思考が駆け巡る。だが、それら雑念を瞬《まばた》き一つで封殺し、ルサルカは軍人として背筋を正した。

「足並みを合わせるのに苦労してはいますが、概《おおむ》ね、連携は取れているかと」

「やはり、貴官らでも難しいか、ファースト・ワルキューレに合わせるのは」

黒檀《こくたん》の机に肘をついて、基地司令が皺深い顔に憂慮の色を宿して呟く。年かさの司令官の心中を推し量り、ルサルカは「は」と短く頷いた。

緊急出動の翌朝、改めて司令室に呼び出され、ルサルカは報告を行っている。

とはいえ、昨日の戦闘の報告はすでに昨日の間に済んでおり、この会話の焦点がそこではなく、エイミーのことであることは明白だ。

「欧州軍全体で、ファーストを扱いかねているのですか？」

「ずいぶんと直接的な物言いだな、エヴァレスカ大尉。だが、そう間違いでもない」

ゆるゆると首を横に振り、基地司令が億劫《おっくう》そうに立ち上がる。机を離れ、壁の棚の方へ司令が向くと、そこには多数のファイルと写真立てがあった。

その写真に写っているのは、若かりし頃の司令と戦友たちの並んだ姿だ。撮影場所はこの基地の入口、まだ基地が新しかった頃だろう。

「昔の戦争が良かった、などとは口が裂けても言わんよ。戦争はいつだって忌むべきものだ。だが、かつての戦争ならまだ、自分たちが体を張って戦えた」

白く濁った目を細め、皺《しわ》の深い頬を撫でながら司令は掠《かす》れた声で続ける。

「欧州軍と言えば聞こえはいいが、今の軍はワルキューレの存在に依存した張子の虎だ。人類の命運を、貴官ら若者に担わせている」

「……それさえ正確でないのは、司令もご存知《ぞんじ》のはずかと」

「そうだな、その通りだ」

深く息を吐く司令、先の一言が彼なりの配慮であるとわかっている。しかし、そうした配慮はここでは不要だ。潔く、本音で語らいたい。

欧州軍がワルキューレに依存しているのは事実。だが、正確ではない。

「正確には、ファースト・ワルキューレに依存している」

「……これまで欧州軍が撃墜したピラーの総数、その九割がファーストの戦果だ。実際、彼女はよくやってくれている。休む間もなく各地へ飛び、友軍を鼓舞し続けて」

「――――」

「故に、軍は彼女を失えん。その損失は人類の敗北に直結するだろう」

「それは……」

司令の強い言葉を受け、ルサルカは目を見張った。

「それは、その損失の前兆があると？　エイミー……ファーストに異変が？」

「いいや、現時点ではそうした兆しはない。しかし、今後もそうとは限らない」

静かに言い切り、司令の灰色の瞳が真っ直ぐ、ルサルカを見据えた。微《かす》かに室内の空気が張り詰め、ルサルカは自然と背筋を正してしまう。

そんな彼女に司令は、「そこで」と言葉を続け、

「すでに貴官の耳にも入っているかもしれんな。――ファーストに専属の小隊を付ける。転戦する彼女に同行し、同じ空を飛ぶ小隊を」

「……噂程度ではありましたが」

昨日、ちょうど話題に上がったばかりの話だ。

直前の司令の話と合わせれば、エイミーの存在に依存する軍の延命措置。――早い話、エイミーを少しでも長く飛ばせるための苦肉の策。

「思うことは同じだと、そう告げるのは実に卑怯《ひきょう》で恥知らずだろうな」

「いえ……」

ルサルカの内心を読み取ったように、基地司令が声の調子を落として言った。声に込め

られた感情は失望と落胆、いずれも自分へ向けたものだ。

　そしてそれは多かれ少なかれ、全ての軍人が胸に抱いている悲哀そのもの。

　生粋の軍人ではないエイミーを除いた、全員が抱いているものだった。

「――――」

　互いに気まずい沈黙が生まれ、ルサルカは空色の瞳を伏せる。

　直前の会話の流れを汲《く》めば、司令が次に口にする話題は想像がつく。そして、そのルサルカの想像は正しく裏付けられた。

「エヴァレスカ大尉、私は貴官の隊を推薦するつもりだ」

「――――」

「部下からも、ファーストと貴官らの関係が良好であるとは聞いている。この任務に重要なのは空のことではなく……」

「陸での、彼女との関係ですか」

「――。貴官らの技量を軽視しているわけではない」

　言葉を選んでくれる分、司令の発言には真摯さがある。だからこそ、拭い去れない現実感が伴っていたのは彼の責任ではない。

「決して恵まれた環境とは言えないセカンドの立場で、貴官の隊はいち早く小隊編制を取り入れ、戦況に対応しようとしてきた。それが評価されての打診だ」

「打診、ですか？　辞令ではなく？」

「正式な辞令が下るのは、私が上に貴官らの推薦を通してからになる。ただ、その前に貴官には直接話をしておこうと思ってな」

机の上に手を置いて、司令がルサルカの瞳を覗《のぞ》き込んでくる。司令の視線にはこちらの胸中を探る目的はなく、純粋にルサルカの心情を慮《おもんぱか》っているように見えた。

軍人の多くは真摯だ。とかく、人類が手と手を取り合わなければならない状況では。

「前もってお話しいただけたことは感謝いたします。ですが、私は軍人です。どんな内容であれ、命令であれば謹んでお受けします」

司令に対し、ルサルカは背筋を正し、胸を張って答える。

軍人として、軍人らしくある。それがルサルカの矜持《きょうじ》であり、立ち位置の表明だ。

だが、ルサルカの答えに司令は首を横に振って、

「確かに貴官の所属は軍にある。だが、すでにその身はワルキューレ……主神オーディンの名の下に、貴官の自由と立場は保証されている」

「それは……」

「故に、これはあくまで打診だ。その上で、改めて言っておく」

頰を硬くし、言葉に詰まるルサルカに司令は続ける。

年輪の如く、消えない皺を額に深く刻んで、老齢に差し掛かる司令は厳かに、

「エヴァレスカ大尉、私は貴官をファースト付きの小隊指揮官に推薦する。異論は？」

「――――」

――ありません、と即答する場面だった。

司令の改まった物言いは、ルサルカの心の緩みを引き締め、再び使命感を抱かせるためにしたリップサービスのようなものだろう。

こうした、ある種の芝居がかったやり取りを必要とするのが人間の心だ。

人は、理由なく死地に赴けない。同じく、理由なく命懸けの使命は負えない。

だから、ルサルカは強く、真っ直ぐ、即答しなくてはならなかった。

それなのに――、

「――ぁ」

異論はないと、そのたった一言が出てこなかった。

求められるところを、求められる役目を果たすと、そう答えることができなかった。

『――そうか。お前は[redacted]を[redacted]か』

何故か、初めて翼を授かった日の神の言葉が、何度も何度もリフレインしていた。

8

「わたしと一緒に飛ぶって話、断ったんだって？」

夜、自室を訪ねてきたエイミーが、ルサルカを見つめて開口一番にそう言った。

その質問をぶつけられ、時刻が夜であることにルサルカは驚く。朝一で司令と話して、この時間までの記憶が吹き飛んでいる。

ただ、部屋の呼び鈴が鳴るまでずっと、ベッドに伏せっていた感覚だけがあって。

「入ってもいい？」

「……散らかっていますが」

「わ、ルサルカがだらしないなんて新鮮ね。見たい見たい」

怯《ひる》まないエイミーの態度に嘆息し、ルサルカは彼女を自室へ招き入れる。

基地内に設営された女性用の宿舎だが、ワルキューレであり、小隊指揮官でもあるルサルカの待遇は上から数えた方が早い立場にある。

よって、私室も一人部屋としては十分な広さが与えられており、やや持て余し気味だ。

少ない私物と、清潔なベッド。――室内を見回し、エイミーが首を傾げる。

「えーと……これの、どこが散らかってるの？」

「全てが」

「森羅万象が？」

「そこまでスケールの大きい話はしていませんが、机とベッドの上が荒れ放題で」

ベッドはシーツが乱れ、タオルケットが畳まれていない。机には書きかけの書類と、ペンケースに戻されていないボールペンが転がされたままだ。

何もかも投げっ放しの状態で、ひどく落ち着かない。

「やはり、片付けてからで構いませんか？　小一時間ほどいただければ……」

「この机とベッドに小一時間⁉　なんで⁉　隅々まで舐《な》めるの⁉」

「いえ、不衛生なので舐めたりしませんが、大丈夫ですか？」

「極端なたとえだったのは認めるけど、ルサルカが言うのは違くない⁉」

勢いよく物申して、エイミーが「えいや！」とベッドの上に飛び込む。スプリングを軋《きし》ませた彼女の小さなお尻が、乱れたシーツをさらに乱雑に乱してくれた。

まるで、その雑多な状況を受け入れろとでもいうように――、

「そんなに私を苦しめて楽しいんですか？」

「これ、そんなに効くの？　シーツに命でも救われた……ごめん、やっぱりなし」

「シーツに命を救われたことは……」

「なしでいいってば！　なしなし！　はい、このお話おしまい！」

大きく手を叩いて、顔を赤くしたエイミーが強引に話を終わらせる。と、そこでルサル

カは明かりも付けていなかったことに気付き、照明のスイッチを入れた。

明るく照らされる室内、エイミーの美しい黄金色の髪が煌《きら》めいて見える。どこか落ち着かない気持ちで、ルサルカは彼女の正面に椅子を動かし、向かい合って座った。

「ルサルカの髪って、月の光みたいで綺麗《きれい》よね」

ふと、目を細めたエイミーに言われ、ルサルカは思わず息を詰めた。

図らずも、直前に彼女の髪を印象的に見ていた直後のことだ。まるで心が読まれたような気分になったのと、何か言わなくてはと考えて――、

「エイミーの髪も、太陽光のように煌めいていて綺麗ですよ」

「あ、ホント？　ふふー、嬉《うれ》しい嬉しい。ルサルカ、わたしの髪の毛、好きなんだ？」

「いえ、あまり髪だけに限定して好悪を決めた記憶はありませんが。それは私の知識の範囲だと、いわゆる特殊性癖の告白なのでは？」

「褒めたら最後まで褒め切って！」

「すみません、照れ臭くてつい……」

「照れ隠しのつもりのパンチが強いの！」

塩梅《あんばい》が難しいことを言われ、ルサルカは眉間に皺を寄せて困惑を表明する。

何となく、手が自分の銀髪に自然と絡む。髪を褒められることはなくはなかったが、それが月の光のようだと、詩的に表現されたのは初めてのことだ。

月は、嫌いではない。夜の主役である立ち位置が、ひどく胸を掻き毟《むし》るから。

「でも、よかった」

「よかった、ですか？」

膨れっ面だったエイミーが唇を綻ばせる。彼女の安堵《あんど》の言葉をオウム返しして、ルサルカはその速度についていくのに必死だ。

そんな、焦燥が顔に出ないルサルカに、エイミーは「だって」と言葉を継ぐと、

「髪も褒めてくれたし、部屋も門前払いされなかったから……わたしのことが嫌いで、それで断られたってわけじゃないみたいだから」

「――。断った、わけでは」

「でも、即答はできなかったわけね。……別に、怒ってないのよ？」

エイミーの指摘に、何故かルサルカは追い詰められている気分を味わわされる。

この、得体の知れない罪悪感はなんなのだろうか。

紅玉のような瞳に見つめられながら、ルサルカの意識は自問自答を繰り返す。

あるいはそれは、この記憶のなかった半日の間で何回も、何十回も、何百回も繰り返されてきた自問自答だったのかもしれない。

何故、自分は司令の言葉に即答することができなかったのか。――否、即答できなかっただけならまだしも、何故、答えられなかったのか。

ルサルカは返答を保留し、時間を与えると言ってくれた司令に甘え、部屋を辞した。そして半日間、時間経過を忘れるほど自問自答に没頭し、今に至る。

そして、その自問自答の成果があったかと言えば、何の成果もなかった。

答えは、今も出ていない。こうしてエイミーと直接会って、迷いはより深まっていく。

そうして、悩みが色濃く重たくなって、ふと思った。

「聞いても、いいですか？」

「うん？　何でも聞いていいわよ。わたしとルサルカの仲じゃない」

「――初めて私と会ったとき、どうして私を探していたんですか？」

もう、十日以上も前のことを思い出して、ルサルカは一番初めの疑問を掘り起こした。

一人、見知らぬ地へ赴き、基地に合流したエイミー。彼女は初めてルサルカと会ったとき、ルサルカを探していたと確かに言っていた。

「最初は、ただ基地の案内役として私を選んだのかと思っていましたが……」

「――――」

「あなたは、会いたがっていたのは自分の都合で、私には心当たりがないだろうと、そう言っていた。それは、最初から私に会うのが目的だったから」

「……偉い偉い。よく、そんな前のこと覚えてるものね」

微笑んで、エイミーがルサルカの記憶力を称賛する。否定の言葉がないのは、ルサルカの記憶が正しいことの証明だ。

　つまり、彼女は目的を持ってルサルカに会いにきた。

「何度も、おかしいと思ったことはありました。私は人付き合いの得意な方ではなく、ユーモアのセンスもありません。直したいと思っても、成果はなくて……」

　だから、そんな自分に積極的に話しかけてくるエイミーが不可解だった。

　ただ、その動機を深く掘り下げることも避けていた。掘り下げれば、自然とエイミーと向き合わざるを得なくなる。──自分と、向き合わなくてはならなくなる。

「答えてください、エイミー。あなたは何故、私を──」

「──ルサルカが、『戦翼の日』の生還者だから」

　縋《すが》るような問いには、静かな声音が答えていた。

　息を詰め、ルサルカが押し黙る。正面、ベッドに座るエイミーは口の端を緩め、これまで見せたことがない、凪《なぎ》の海のような静謐《せいひつ》な感情に身を委ねていた。

　ころころと変わる表情、笑ったり怒ったり、喜怒哀楽がはっきりしていて、ルサルカと正反対の性格。そんな彼女への印象が、大きく変化する。

　笑ったり、怒ったり、喜怒哀楽がはっきりしていたと言った。

　だけど、悲しんだ顔を見せたことは、ルサルカの前で一度もなかった少女だ。

──泣くことなど、ないのだろうかと思ったことがある。

主神自らが選び、神に家名を捧《ささ》げ、比類ない加護を授かったファースト・ワルキューレ。

――彼女は、泣くことなどないのだろうかと思ったことがある。

実際、そうだ。泣くことが涙を流すことなら、彼女は泣いてなどいなかった。

だからきっと、誰も彼女が泣くところなど見たことがないのだ。

「――『戦翼の日』の生還者で、ワルキューレになったのはルサルカだけ」

「――――」

「だから、ルサルカに会ってみたかったのよ」

「会って、どう……」

「どうするつもりだったか？　それはね、自分でもよくわかってなかったの」

首をひねり、エイミーが小さく笑った。

途端、直前までの静謐な雰囲気が薄れ、彼女が再び仮面を被ったのがわかる。――否、
それは正確には仮面ではなかった。

エイミーは決して、感情を殺しているわけではないのだ。

感情を殺しているのは、むしろ――、

「ルサルカは、どうしてワルキューレになったの？」

昨夜も答えた質問を、エイミーが再びルサルカに投げかけた。

セネアやカナン、ヴィクトリカたちもいる場で、答えたはずの問いかけだ。

それを、問いかけてくるエイミーの真意とは。

「ルサルカは、どうしてワルキューレになったの？」

「わ、たしは、軍人です。軍人として、上からの命令に従う義務が……」

「でも、わたしと飛ぶのは避けようとした」

「それは――っ！」

容赦なく、逃げ道を塞ぐエイミーにルサルカは思わず立ち上がる。音を立て、椅子が横倒しになるが、ルサルカもエイミーも互いに視線を切らない。

長身のルサルカに見下ろされても、エイミーの態度は小揺るぎもしない。

ルサルカの眼光など、彼女にとっては涼風に等しい。涼風ならまだいい。あるいは無風である可能性さえ、十分にありえた。

それが――、

「――そんなこと、ないよ」

ゆるゆると首を横に振って、エイミーが眦《まなじり》を下げながら言った。

「――――」

見透かされたと、ルサルカは思った。

時折、エイミーの紅の瞳が、ルサルカの心を見透かしていると感じることがあった。

今もそれを感じて、ルサルカは奥歯を噛《か》んだ。

「あなたは、そうやって私を……初めて見たときから、ずっと」

「――――」

基地で、初めて会ったときの話ではない。

ルサルカにとって、エイミーの――ファーストの存在の最初は、もっともっと前だ。

彼女が『戦翼の日』と、そう呼んだ戦場が、ルサルカとエイミーの最初の邂逅《かいこう》。

絶望の空を黄金の翼が舞い、歴史を書き換えた記念すべき日に――、

「――っ」

ぐっと、強く歯を噛んだ。幾度も芽生えた衝動を、自制心が繋《つな》ぎ止めようとする。

みっともない自分を殺して、いつものルサルカ・エヴァレスカを取り戻さんと――、

「――ルサルカ」

「――――」

絶妙な、自分を手繰り寄せた瞬間を見計らったみたいに、エイミーが名前を呼んだ。

呼ばれ、反射的に相手を見る。空色の瞳と、紅の瞳が互いに視線を交錯した。

そして――、

「――聞かせて？　あなたの、全部」

9

「ルサルカ！　どういうことなの⁉」

「――――」

私室の扉を力強く開け放たれ、ルサルカはのろのろと顔を上げた。

息せき切ってやってきたのは、滅多《めった》に見られない形相をこちらへ向けたセネアだった。

普段から美しく整えた髪を乱し、セネアの黒瞳がルサルカを映す。

その瞳に映り込むルサルカは、力なくベッドに腰掛けていて、

「いきなりですね、セネア」

「いきなり？　いきなりはこっちの話でしょう。ルサルカ、何をしたの？」

つかつかと歩み寄り、セネアがルサルカの正面に立つ。しかし、ルサルカの視線は上がらず、彼女の膝のあたりを見つめたまま動かない。

その煮え切らない態度に痺《しび》れを切らし、セネアが深く息を吐いた。

「司令に言われたわ。ファースト……エイミーに同行する小隊に推薦するって」

「――――」

「それと、こうも言われた。――その小隊編制からルサルカ、あなたを外すって。そして
それはエイミーの希望だってね」

「――――」

「ルサルカ、もう一度聞くわよ。いったい、何をしたの？」

重ねたセネアの問いかけに、ルサルカは目をつむった。

目をつむり、幾許《いくばく》かの沈黙を経て、答える。

「――何も」

「何もないわけないでしょう！」

首を振ったルサルカの肩を摑《つか》んで、セネアが瞳を覗《のぞ》き込んでくる。叫んだ彼女の黒瞳を間近に見て、ルサルカは妙な感慨を覚えた。

こうして、感情も露《あら》わに怒鳴るセネアの姿を初めて見た。

彼女との付き合いはワルキューレになってからのことで、期間の話をすれば長いとは言えない。だが、命懸けの空で翼を並べた戦友だ。

付き合いの深さという意味では、家族とさえ並べられると思っていた。

こんな風に怒った顔も初めて見たような関係で、とんだ思い違いだ。

「どうしちゃったのよ、ルサルカ。あなたは、あなたはそんなじゃなかったじゃない。エイミーと何かあったなら、話してくれたら……」

「何もありませんよ。本当に、彼女との間には何もない。嘘ではないんです」

「――――」

「……司令の話は、あなたにだけですか？」

自分で感心するぐらい、感情の凍えた声で質問を紡げた。その声音に息を呑んで、セネアが「いいえ」と首を横に振り、

「ヴィクトリカとカナンの二人も一緒よ。条件は、あなたのことだけ」

「そう、ですか。あの二人は喜ぶでしょうね」

それは二人がエイミーと仲が良くて、彼女を好いているから、ではない。

ヴィクトリカにもカナンにも、それぞれピラーと戦いたい理由があるからだ。

「切っ掛けが、軍からの命令だったことは事実ですが……」

過日の、エイミーの質問への答えは嘘ではない。が、全てでもなかった。

――オーディンの力を以《もっ》てしても、誰もがワルキューレになれるわけではない。

ワルキューレになれるのは一握りの人間だけであり、エイミーのような特別な存在ともなれば、その可能性は砂漠に落とした針を探すような狭き門となる。

まず最初に、女性パイロットの中からワルキューレの候補を募った。

そうした候補の中にいたのが、速成教育を終えて軍人となったルサルカたちだ。決して能力の高いとは言えない、ファーストに次ぐセカンド世代のワルキューレ。

高い潜在能力を持つ、サード世代への繋ぎとしての役目を負った戦乙女である。

「そんな役割でも、セカンド・ワルキューレの士気は高い。だって……」

「私たちは全員、ワルキューレが存在する前から軍に志願した人間よ。飛ぶ理由は後付けでも、戦う理由は最初からあった」

「ヴィクトリカは恋人を、カナンは兄弟姉妹を……」

「私は故郷を失った。ルサルカ、あなただって」

「――――」

「あなただって、何かを失った穴を埋めるために、軍に入ったんじゃなかったの？」

か細く震えた声が、ルサルカの真意を問うてくる。

ルサルカの隊の人間――否、全ての軍人には戦う理由があるのだ。

それは家族愛や異性愛、愛国心かもしれない。だが、全員が戦う理由を持っている。

そして、全ての軍人が願ってやまない。エイミーと、共に戦えたらと。

ファースト・ワルキューレとならば、どんな戦場へだって飛んでゆけるのだと。

だから――、

「今すぐ、一緒に司令に直談判《じかだんぱん》して。エイミーのところでもいいわ。気が済むまで話をして、撤回してもらうの。そうすれば……」

「そんなに私と離れたくないんですか？」

「――っ」

乾いた音が、暗い部屋の中に鳴り響いた。

「……冗談です」

「笑えない。……全然、笑えないわ、ルサルカ」

平手を浴びた頬が熱い。しかし、ルサルカは張られた頬に触れようともしなかった。

痛みはあったが、痛くない。たぶん、セネアの方が痛かったのではないか。

理屈に合わないことなのに、それが正しいように思えるぐらい。

「直談判はしません。エイミーとの話し合いも無意味です。軍人として、基地司令の命令に従う。……セネア、あなたもそうしてください」

「……それが、本当にあなたの答えなの？」

いつだって余裕があって、大人で、そんな印象の強いセネアだった。そんな彼女がこの数分で、今まで見せたことのない顔をいくつも見せてくれる。

怒りも、必死さも、この瞬間の悲しみさえも、初めて見るものだった。

それが剝《む》き出しのセネアだとしたら、ルサルカは何一つ、彼女に見せていない。

そして、そのまま何も見せないことが、ルサルカの選択だった。

「――――」

沈黙が答えとなり、ルサルカは差し伸べられた手を拒絶した。

セネアの吐息が震え、整理のつかない感情が、それでも結論を出したとわかる。

「私は、あなたのウィングメイトだったのに」

「……あなたの忠告には何度も助けられました」

「嘘つき」

短く、装飾のない言葉が最も鋭く、ルサルカの心に痛々しい傷を残した。

背中を向け、セネアがルサルカから遠ざかる。そのまま扉に手をかけ、彼女はルサルカの前から立ち去る。それは、大きな大きな断絶だ。

ただ、扉が閉まるだけではない、断絶が二人の間に生じる。

「セネア」

その直前、扉を抜けようとする背中に名前を呼びかけた。

足を止めたセネアは振り返らない。だから、振り返らない背中にそのまま続ける。

「私は、間違ってると思いますか？」

何故、そう尋ねたのかがわからない。

話し合うことを拒否し、差し伸べられた手を取らず、立ち去る背中を黙って見送ることもできないのは、いったい、自分の中のどんな感情がそうさせているのか。

そんな身勝手なルサルカ隊長に、セネア副隊長は振り返り、答えた。

「――どうして最後だけ私に聞くの？　何もかも、自分一人で決めたくせに」

10

その後、エイミーやセネアと言葉を交わした記憶はない。

エイミーとは一度も顔を合わせなかったし、セネアとは話せなかったのだと思う。その代わりに、ヴィクトリカとカナンの二人とは別れの言葉を交わした。

「アタシには、ルサルカの気持ちはわかんない。でも、ルサルカが選んだことを否定したりもしにゃーよ？　それだって、辛かったっしょ？」

とは、普段と変わらぬ調子で微笑んでくれたヴィクトリカの言葉だ。

軍人らしからぬ言動が目立つ彼女だったが、その柔らかな雰囲気と物腰に幾度も救われていたのだと、別れの際になってようやく気付く。

「……裏切り者」

一方で、隊を離れる決断をしたルサルカをカナンは許してはくれなかった。

一見、理性的に物事を考える性質に見えるカナンだが、一番重要な部分は自分の感情に従うことを躊躇《ためら》わない。だからこそ、彼女はワルキューレなのだ。

そんな、両極の対応をした二人に別れの言葉を告げ、ルサルカは一人になった。

――別れの日、ルサルカは飛び立つ三機を滑走路から見送っていた。

見慣れた機影、同じ空を何度も飛んだ戦友たちが自分を置き去りにしていく。

それは何とも奇妙で、胸が掻き毟《むし》られる光景だった。

「――――」

一瞬、迷いがあった。

あるいは込み上げてくる衝動に任せて、自分の英霊機のエンジンを始動し、遠ざかる彼女たちに追いついて、一緒に飛んでいくことだってできたかもしれない。

しかし、ルサルカは迷いながらも、それをしなかった。

欧州戦線最大の激戦区へ向かい、そこでエイミーと合流して結成される新たなワルキューレ小隊、その旗揚げにルサルカが加わることはなかった。

――ギリシャ戦区で、過去に類を見ない新種のピラーが確認されたのは四日後のことだ。

事実上、ファースト・ワルキューレの率いる実験小隊の初陣。

のちに『パンドラの悲劇』と呼ばれるその戦いは、欧州戦線最大の大敗を喫した。

その戦場で、生き残ったワルキューレは一人もいなかった。

セカンドも、ファーストも区別なく、全てのワルキューレが、翼を失って――。

――今度こそ、ルサルカは再び、独りになった。

第二章『傷だらけの赤』

1

——初めてオペレーター席に座ったとき、柄にもなく緊張したことを覚えている。

慣れ親しんだシートと違い、体を締め付けるベルトもない。あるのは体中に圧し掛かる重責だけで、椅子自体の具合はいいのが妙にアンバランスに感じられた。

とかく、軍内には笑えないジョークが多いが、その中にはオペレーターには基地で一番いい椅子が宛がわれる、なんてものもある。

その理由は、オペレーターが不機嫌だと基地全体の機能が麻痺《まひ》するため、だ。

実際、軍は人間の体にたとえられることも多く、指揮官が頭、将兵が手足だとすれば、オペレーターの役割は指示を全身へ伝える神経に近い。

オペレーターが機能しなければ、全身という軍は機能不全に陥るのだから。

「――北東戦区、新たにピラー十体の出現を確認！」

鋭い声が戦況の変化を報告し、司令部に激しい動揺が走るのがわかる。

司令部の正面モニターには刻一刻と変わる戦況が映し出されているが、画面上に新たに赤いマーカーが複数出現、事態の深刻化を視覚に叩《たた》き込んでくる。

モニター上の青いマーカーが友軍、赤いマーカーが敵勢だが――、

「ロストック・ラーゲのワルキューレ小隊は⁉」

「現在、友軍の撤退支援中！　応援に出せません！」

「第２１２装甲擲弾《てきだん》兵大隊、第２中隊から入電！　北部の新参は引き受けると……」

「ならん！　歩兵がピラー相手に何ができる！　無駄死になど……」

「時間は稼ぐ。仕返しは頼んだとのこと！」

「――っ！　繋《つな》いでくれ」

飛び交う戦況報告の中、オペレーターの言葉に司令官が苦々しく頬を歪《ゆが》めた。

すぐさま対象の歩兵隊と通信が繋がり、砂嵐のような雑音に紛れて声が飛んでくる。

『こちら第２１２装甲擲弾兵大隊、第２中隊！　司令部は聞こえたな？　伝えた通り、俺たちが時間を稼ぐ』

「こちら司令部だ。聞いている。――やれるのか？」

『やれなきゃ無駄死にだ。命懸けてそれじゃ、擲弾兵の名が廃るってもんでしょう？』

司令官相手にずいぶんと無礼な物言いだが、司令はそれを咎めない。司令部にいる全員も同じ姿勢で、これから死地へ臨む覚悟の戦友への敬意を表していた。

めまぐるしく状況の変わる戦闘では、指揮官に最も重要なのは決断力だ。

この混戦状態で、新たに確認された敵勢に割ける手札はあまりに少ない。貴重な戦力たるワルキューレをどこへ配置し、どこへ配置しないかが勝敗を分ける。

そして、割を食った戦場の穴は、戦乙女《いくさおとめ》以外の手札で埋めるしかないのだ。

「戦闘開始からすでに三十分……活動限界まで、あと十分もあるまい」

『だが、その十分で大勢が死ぬ。それは阻止せにゃなるまいよ』

「……すまない」

『謝罪なんてよしてくれ。俺たちは好きでいく。大体、オッサンのしゃがれ声で見送られて喜ぶ男がどこにいます？　オペレーターの子に代わってくださいよ』

「――――」

不意に引き合いに出され、息が詰まった。

しかし、動揺を即座に舌の裏に隠して、頷《うなず》く司令から対話の役目を引き継ぐ。

「――代わりました。現地までオペレートします」

『おお、いいね。声だけで美人ってわかる！　俺の目に、いや、耳に狂いはねえ！』

「どうでしょう。ぜひ、ご自分の目で確かめてください」

『ははっ、言ってくれる！　よし、指示頼むぜ！』

手元のモニターに歩兵部隊の位置が表示され、彼らを目的地へ誘導する。新たに出現したピラーに察知させ、敵の戦力を分散させるために。

だが、これはそういう名目で、彼らを死地へ送り込むことと同義だ。

『――息遣いに躊躇いがあるね、美人さん』

「――――」

『わかるわかる。動揺はするさ、誰でもね。座ってそんなに長くないだろう？』

息遣い一つにどれだけ深く表れるのか、相手の洞察力に驚かされる。その微《かす》かな驚きさえ拾われたのか、こんな状況下で男は笑った。

これから望んで死地へ赴く男が、あけすけな笑い声を通信に乗せる。

『一つだけアドバイスだ。オペレーターに必要なのは状況の把握、正確な報告と淀《よど》みのない復唱。で、一番大事なのが声だよ』

「……声」

『声で美人だってわかるとやる気が出る、ってのは存外冗談でもない。オペレーターの声が悲観してたら、聞く方だって気が滅入《めい》るだろ？』

「――――」

『どう足掻《あが》いたって先に死ぬのは俺たちさ。だからせめて、最後の最後までお耳の恋人でいてくれよ。君のためなら死ねるし、生きて帰るとも思わせてくれ』
話しながら、歩兵隊が目的地の赤いマーカーに近付いていく。あと十数秒で接敵すると
わかる状況で、彼の声は緊張と楽観を失わない。——否、違う。
彼の声は震えている。ちゃんと、恐怖していた。
だったら、この場で自分に言えることは——、
『さ、聞かせてくれ。これから戦う男に、気の利いた一言は？』
「——愛しています」
『————』
一瞬の沈黙があり、
『だはははははは!!』
笑い声が上がった。
通信越しに聞こえてくる馬鹿笑いに、自分が誤った言葉選びをしたか不安になる。しか
し、笑いの衝動と戦いながら、徐々に声は平静を取り戻し、
『——俺も、愛してるぜ、オペ子ちゃん』
お互いに愛を交換したところで、凄《すさ》まじい轟音《ごうおん》が通信音声を塗り潰した。
「交戦開始！」
モニター上、歩兵隊とピラーが激突し、戦いが始まる。

歩兵隊の地上兵器を浴びて、戦場の中央を突破しようとしていたピラーの進路が大きく曲がった。目障りな歩兵隊を追って、ピラーの全身が発光する。

瞬間、破壊の光弾が雨の如く地上へ降り注いでいた。

「——っ」

光弾が建物を砕き、道路を割り、怒号が木霊するのを聞いて心胆が震える。

歩兵部隊の狙いは成功した。だが、それは彼らの過酷な戦いの始まりを意味する。

——戦場において、ピラーが攻撃の優先対象とするのは自分たちへの脅威度の順番だ。

すなわち、ワルキューレ、航空戦力、地上戦力の順番であり、それは人類にとっても失ったときの損失が大きい順番を意味している。

そのため、ワルキューレや航空戦力が危機的状況に陥った場合、地上戦力を以《もっ》てその危険性を分散する。——地上部隊の方がはるかに危険とわかっていて、だ。

だが、そうやって戦場を選《よ》り分けなくては、人類は確実に敵に押し負ける。

人間を数と能力で見て、人格を無視する。——戦争は、人でなしの量産工場だ。

ならばどうして、こうしてピラーと戦う彼らはどうしようもなく人間なのか。思いやりがあり、使命感と希望があり、だからこそ命を懸けて抗える。

そんな彼らのために、どうして声の震えの一つ、隠し切ってやれないのだ。

「——ピラー、活動停止！　限界時間突破、消滅していきます！」

「そうか……！」

瞬間、別のモニターを観測していたオペレーターが叫んだ。

それはピラーの活動限界、戦闘の終了を知らせる報告だ。

『枯渇現象』を引き起こし、各地に被害を拡大するピラーの活動には制限時間がある。

詳しくは解明されていないが、ピラーは活動に必要なエネルギーの総量を一個の群れで共有しているらしい。それが尽きた途端、戦場にいるピラーは一斉に消滅するのだ。

それ故に、ピラーとの戦闘は激戦であるほど短時間で決着する傾向にある。

ただし、その場合はその分だけ大きな被害が発生している可能性が高く、一概に戦闘時間が短く済めばいいという話にはならない。

今回の戦闘時間は三十七分、戦いの規模は十分以上に大きなものだったと言える。

だが、いずれにせよ――、

「戦いが、終わった……」

司令部を沸かせた報告、それが戦場にいる兵士たちへも素早く伝達される。

無論、戦いが終わっても、それで何もかもが片付くわけではない。銃火を交える戦闘が終われば、今度は戦後の処理のための戦いが始まる。

今回、戦場となった街の補修や負傷者の搬送など、やるべきことは多岐にわたる。

何より――、

「戦闘終了です。皆さんの奮戦に感謝します」

『──』

「……奮戦に、感謝を」

無線越しに聞こえていた、あの勇敢な歩兵隊長からの返答はない。

無情にも、モニター上の友軍を示す青い光点は、一つとして残っていなかった。

2

──現在、欧州戦線は世界最大のピラー激戦区とされている。

北欧を最初の出発点としたピラーの侵攻は日々続いており、すでに北欧諸国の大部分から人類は撤退、前線は欧州のロストック・ラーゲ周辺まで後退している。

現時点でピラーの出現は欧州のみにとどまらず、アメリカ大陸や中央アジア、アフリカ大陸の一部にまで及んでいて、世界規模の戦いが各地で繰り広げられていた。

この夜、欧州バルト海戦域で発生した戦いも、そうした戦火の一つである。

「──以上が、今夜の戦闘における主な被害報告です」

冷たく、感情を窺《うかが》わせない報告に合わせ、モニターの映像が次々と切り替わる。

戦闘終了から二時間、司令部では各部署から上がった被害報告を吸い上げ、今夜の戦闘の精査が行われている。

――このハンブルク基地は、長く伸びた欧州戦線のちょうど中央に位置しており、各基地への補給線としての役割を負った重要拠点の一つだ。

基地は広大な農地と隣接した都市、ハンブルクと一部の敷地を共有しており、昨夜の戦闘は市外数キロの地点で発生、余波は基地と都市にも被害をもたらしていた。

「都市機能に影響は？」

「幸い、大きなものは出ていません。ただ、都市部を守る防壁に大きな被害があり、一部は完全に崩落しています。復旧作業には数週間かかるかと」

「元々都市を守るために作られた壁だ。役目を果たしたなら重畳だった。……復旧作業は急がせてくれ。この辺りを『枯渇現象』に呑《の》ませるわけにはいかない」

低く、厳《いか》めしい声で老齢に差し掛かる基地司令が目を伏せる。それに応じる声こそないが、全員が同意見なのは司令部の表情からも明白だ。

生命力を奪い、大地を涸《か》らせるピラーの被害は食糧生産地においては特に深刻だ。

東洋には『腹が減っては戦はできぬ』という諺《ことわざ》があるそうだが、それは何も笑い話ではない。補給がなくては、体も心も弱っていく一方だ。

だからこそ、このハンブルク基地の持つ役割は替えが利かない。

「被害が最小限にとどめられたこともあり、住民の混乱はほとんどありません。瓦礫《がれき》の撤去作業などは続いていますが、すぐに普段の生活を取り戻せるかと」

「都市部の混乱は？」

「そうか。……他に、急ぎの報告は？」

額に手をやり、副官の報告を聞いた司令官が室内を見回す。その視線に挙手するものはいない。一息、司令官は吐息をこぼすと、

「ご苦労。では、諸君も後任に引き継いで休むように。――今夜も、よくやってくれた」

そのねぎらいの言葉を以て、この場の報告会はお開きになる。

めいめいがきびきびと退室していく中、肩の強張《こわば》りを自覚しながら、ゆっくりと司令室の出口へ向かおうとして――、

「――エヴァレスカ大尉、よろしいですか？」

「――――」

背中に冷たい声がかかり、銀髪の女性――否、ルサルカは立ち止まった。

司令室の入口、ルサルカを呼び止めたのは怜悧《れいり》な印象の強い女性だ。報告会で、各部署の被害報告、戦果報告を口答していた人物である。

肩までの黒髪と、左目にある泣きぼくろが特徴的な女性で、戦時においてはオペレーター陣のまとめ役を担当している。ただ、その要職として以上に印象強いのは、彼女の発す

る態度――ルサルカに向ける、冷たく刺々《とげとげ》しい気配だろう。

その彼女の態度に言及せず、振り返ったルサルカは姿勢を正した。

「どうされましたか、ハイマン少佐」

「敵の消滅直前、第2中隊のオペレートを担当していましたね」

「――」

単刀直入、それが彼女――ミシェル・ハイマン少佐の持ち味だ。

彼女のそんな性質を、ルサルカはこのハンブルク基地で机を並べる前から知っている。

とはいえ、今夜はその率直さが、『短刀直入』とばかりに突き刺さった。

堪えようとしても、ルサルカの頰がわずかに強張る。

それは最後の瞬間、防衛線の崩壊を食い止めるために命懸けで戦い、事実としてその命を散らした歩兵隊、彼らへの哀悼と、慚愧《ざんき》の念だった。

――もっと、できることがあったのではないかと。

「彼らのことは……」

「悔やむ気持ちは、オペレーター全員が抱えているものです。ですが、私たちはそれを声に出してはならない。理由は必要ありませんね？」

ぴしゃりと、気持ちいいぐらいミシェルの言葉は容赦がなかった。

オペレーターの声に悲観が宿れば、聞いている兵士の心が脅かされる。折しも、歩兵隊の男が最後の勇気と共に教えてくれた言葉と重なった。

故に、ルサルカはミシェルのその気遣いに感謝しようと――、

「――ただ、その悔やむ思いを、あなたが抱く資格はないと思いますが」

単刀直入が彼女の持ち味だと、その証明とばかりに真っ直ぐな非難が突き刺さる。

同じ役割を負いながら、しかし、ミシェルの瞳はルサルカを咎《とが》めている。はっきりと突き付けられる。――消えることのない、ルサルカへの軽蔑が。

「エヴァレスカ大尉、あなたは……」

そうして、抗弁する口を持たないルサルカへと、ミシェルはなおも言葉を続けようとする。一瞬、彼女の冷たい瞳にもどかしさに似た熱が宿り――、

「――そこまでにしておけ、ハイマン少佐」

ふと、ミシェルの言葉を遮る厳めしい声。

それは司令席に座り、モニターを眺めていた司令官の声だった。彼はやり取りする二人に視線を向けず、椅子の背もたれに体重を預けたまま、

「エヴァレスカ大尉の仕事には何の問題もなかった。そのはずだな」

「……はい」

「ならば、他のものと同じようにねぎらわれるべきだ。あとは、そうだな」

勢いの萎《しぼ》むミシェルを置いて、司令官がわずかに考え込む。だが、思案は数秒だ。

「エヴァレスカ大尉、少し都市を見てきてはどうかね」
「都市を、ですか？　ですが、今は戦闘後でそんな場合では……」
「報告の通り、すでに都市部は日常へ戻ろうとしている。市民は、大尉が考えているより
ずっとたくましい。それを、見てきてはどうか」
「——。それは、命令ですか？」
躊躇《ためら》いのあるルサルカは、不適切とわかっていて司令官に問い返した。その返答に司令
官が何を思ったのか、振り返らない彼の表情は窺えない。
ただ短く、年季の入った吐息だけがこぼれて、
「ああ、そうだ。命令だとも。命令だ、エヴァレスカ大尉。都市部の視察を命じる。都市
の住民の安全を確かめ、経過を報告するように」
「了解しました」
不承不承、そうした態度は表には出ない。
良くも悪くも、司令官から命令が下ったのだ。命令に従うのは軍人の最低限の資質であ
り、ルサルカも職業軍人として、それを裏切りたくはない。
「では、着替えてすぐに向かいます。これで失礼を」
ルサルカは司令官に敬礼し、それから最後にちらとミシェルに視線を送る。司令に窘《たしな》め
られて以来、沈黙していた彼女は目をつむり、敬礼した。

無言の敬礼に敬礼を返し、それからルサルカは司令部に背を向ける。

廊下ですれ違うのは、ルサルカたちの役割を引き継ぐ後任の通信士たちだ。廊下の端に寄って彼らを通せば、ちょうど正面に街の方を向く窓がある。

窓の外、ちらほらと見える街の灯《あか》り、被害報告では都市部への影響は少ないとのことだが、その灯りからでは詳細なところは何もわからなかった。

「だから、この目で直接確かめてこいと言われたのでしょうが……」

当然だが、司令の意図したところは字面通りの内容ではあるまい。

戦いの余韻が残る街並みをその目にして、ルサルカにどんな変化があるのか。あるいは何の変化もないのか、それこそが司令の求めるところであり、

「――――」

ルサルカ自身が、命令なしでは確かめることのできない恐怖の象徴でもあった。

3

結構な覚悟を決めて街へ降りたルサルカは、その街の光景に意表を突かれた。

道路を塞ぐ瓦礫をどけ、ガスや水道、電気などのインフラの無事が確認されると、人々は競い合うように普段通りの日常を再開していく。

すでに街並みの大部分はそうした日常へ戻り、街の住民は残りわずかな今日という夜を謳歌《おうか》するのに忙《せわ》しなくしているようだった。

正直、肩透かしを味わった気分というのがルサルカの本音だ。

もちろん、被害が少ないに越したことはないが、報告から想像していた悲惨な状況よりずっとマシに見える。――それが表向きの、空元気に過ぎないとしても。

こういうとき、人間というものは本当にたくましいのだと思い知らされる。

あるいはそれだけ、普段通りの日常というものに失い難《がた》いパワーがあるのだろう。


「――――」


冷たい風に吹かれ、コートの襟を立てたルサルカの唇から白い息が漏れる。

十一月後半の冷え切った夜気の中、風になびく銀髪は冴《さ》えた月の光に煌《きら》めいている。その銀髪が目立つのか、向けられる視線の数にルサルカは空色の瞳を伏せた。

司令の命令に従い、軍服を着替えたルサルカは一人、街の視察にやってきている。

街の各所では今もあちこちで瓦礫の撤去作業が行われていて、都市の外周を取り囲む防壁の復旧作業も始まっているはずだ。そうした作業も軍の主導で行われているため、それらを横目に街の視察とは、いささか居心地が悪く感じる。

無論、いずれの作業もルサルカの専門ではなく、罪悪感は勝手な感傷だ。

役割分担が作業効率を高めるのは、小隊でも大隊でも同じことだ。戦うものは戦うための役割を負い、戦えないものは戦えないものとしての役割を負う。

ルサルカは役割を果たした。だから別命を受けて、こうして街を歩いている。

「役割を果たした、ですか」

自分の内心の声を聞いて、思わず自嘲がこぼれていた。

役目とは、厳密にはなんだろうか。

建前上、今のルサルカの役割は戦術アドバイザーであり、戦闘中にはオペレーターとしての役割を兼任する立場にある。

つまり、作戦指揮への意見と、迅速な情報伝達を行うことが自分の役割だ。

あるいは――、

「――ワルキューレとして」

英霊機に乗り込み、勇猛果敢な戦乙女として、あの光の柱と銃火を交えることか。

「――――」

目をつむり、最後の考えを黙殺する。

それができたなら、ルサルカはこうして一人で街を歩いてなどいない。

もっと早く、もっと前に、気高く勇敢な名誉の戦死を遂げることができたはずだ。

例えば、それは半年前、彼女たちと一緒に――、

「――ぁ」

目を伏せて歩くルサルカは、通りの正面に華やかな一団を見つけて足を止めた。

横並びに道を歩くのは、いずれも見目麗しい年頃の少女たちだ。全員、容姿が飛び抜けていいことを除けば、特段珍しい一団というわけでもない。

ただし、その軍服姿と、肩に付けられた白い羽のワッペンは別だ。

「――――」

少女たちが纏《まと》っているのは、欧州軍に正式採用されている軍の女性用制服だ。

だが、それはルサルカの着用するものと違い、デザインに遊びが多く付与されている。

本来、徹底した規律を求める軍にあっては異端のデザインであった。

しかし、彼女らの置かれた立場を思えば、それは配慮の一環であると言える。

何故なら、彼女たちは職業軍人ではない。速成教育どころか、軍人としての基礎知識さえ学んでいる最中の雛鳥《ひなどり》たちだ。

――その雛鳥たちこそが、『サード・ワルキューレ』。

人類の希望を一身に背負い、最前線の空を飛ぶ新たなる戦乙女である。

セカンドであるルサルカの次の世代に当たる彼女たちは、ワルキューレとしての適性を最重要視されて選ばれた、人類最高峰の精鋭だ。

数時間前の戦いでも、彼女たちはこの都市を守るべく勇敢に戦い抜いた。

もちろん、経験不足による拙い部分はありつつも、ワルキューレ隊に一人の欠員も出していないのは見事な戦果だ。彼女たちは、本当によくやっている。

そもそも、サード世代の戦線投入は本来の想定より大幅に前倒しになっていた。

それを上層部の勇み足だと批判する声もあったが、これが英断であったことは結果と、現場で共に戦う将兵たちの声が証明している。

彼女たちサード世代の奮闘がなければ、人類は早々と総崩れになり、ピラーの脅威を前に世界は滅亡していた。――誰もが、そう認めざるを得なかったからだ。

「――――」

そんな、今日の世界存続の立役者たちの姿を見て、足を止めたルサルカは周囲に視線を巡らせる。そして、通りの角に店を見つけ、店内に素早く滑り込んだ。

迅速な行動と決断力、おそらく彼女たちはルサルカに気付く暇もなかっただろう。

「情けない……」

そう、こそこそと隠れた自分への呆《あき》れと嘲弄が嘆息に混じる。

自分を守ろうとしたのか、彼女たちの気分を害さないためか、その言い訳も曖昧だ。

「カウンターへどうぞ」

「あ、はい」

と、通りのワルキューレたちではなく、店の主人には入店を見つけられてしまう。人目を避けるのが目的だったが、入ってすぐに出るのはマナー違反が過ぎる。

どのみち、司令からの命令は街の様子の視察だ。店内も街の一部には違いない。任務を違《たが》えることにはなるまいと、誘《いざな》われるままにカウンターへ。

「ええと……」

脱いだコートを膝の上に畳んで、カウンター席に座って周りを見回す。

すると、露《あら》わになったルサルカの姿に、店内の酔客の視線が熱い色を帯びた。その視線自体には頓着せず、作法のわからないルサルカは途方に暮れる。

いわゆる、街の大衆酒場というやつだ。

バーなんて洒落《しゃれ》た雰囲気ではなく、労働者が一日の最後に呷《あお》る酒を求めて足を運ぶ類《たぐい》の店。当然だが、ルサルカにはとんと縁のない雰囲気だった。

英国では飲酒の解禁は十八歳からだが、御年十九歳のルサルカはそうしたものへの興味が全くなかった。アルコールは判断力の低下を招くと、額面通りに考えている。

故に酒場自体にも、酒場の作法にも全く知識がなく――、

「姉ちゃん、酒の飲み方も知らねえのか？」

「――。ええ、あまりお酒には縁がなくて」

「だったら、俺が教えてやろうか？　酒場の作法ってもんをよぉ」

そう声をかけてきたのは、赤らんだ鼻をした大柄の男だった。酒臭い息と、とろんとした瞳、確かめるべくもなく酔漢である。

普段のルサルカなら、丁重に断りを入れただろうお誘いだ。だが、この夜のルサルカは命令を受けている。相手の申し出を一考し、頷いた。

「では、御指南をお願いします」

「おお、話がわかる美人じゃねえか。気に入った！」

申し出を受けたルサルカに、赤ら顔の酔客が歓声を上げる。と、店内にいた他の客からも囃《はや》し立てる声が上がり、にわかに店内が活気づいた。

「マスター、姉ちゃんにエールを。俺にも、エールのお代わりだ」

酔客の注文を受け、店主がカウンターに酒の入ったグラスを並べる。パイントグラスと呼ばれる、一パイントを容量としたかなり大きめのグラスだ。

そのグラスになみなみと琥珀色《こはくいろ》の酒が注がれ、ルサルカは漂う酒気に瞳を細めた。

この距離でも、冷たい酒気がグラスに浮かぶ水滴からわかる。勢いで人生初の飲酒に手を出す流れだが、妙な緊張感が鼓動を速めるのがわかった。

「あの、どうすれば？」

「酒がきた。飲む奴がいる。あとはグイッと飲み干すだけだ」

「そんな、感覚派のエースパイロットのような説明をされても……」

「ああ？　ええい、酒を前に尻込みすんねい。それなら、そうだな」

自分の手元にグラスを引き寄せ、酔客が少し考え込む。と、赤ら顔の男の中で答えはすぐに出たらしい。

彼はグラスを掲げ、ルサルカにも同じようにグラスを持たせる。

そして、店内にいる全員に聞こえる声で。

「――死んだ連中に」

「――――」

――その一言には、ルサルカも無条件でグラスを打ち合わせることができたのだった。

4

「――――」

瞼越《まぶたご》しの陽光に沁《し》みるような痛みを覚え、意識がゆっくりと覚醒する。

鼻から空気を吸い込めば、冷たく澄んだ早朝の味わいだ。何となく、日の出を想起させる感覚がして、ずいぶん朝早く目が覚めたなとルサルカは思った。

昨夜は、いったい何時に床に就いたのだったか。

「――？」

ふと、昨夜のことを思い返そうとして、頬に違和感があることに気付いた。

触れてみて、それが涙の乾いた跡だとわかり、指先の感触をこする。夢見のせいだろうか、寝ている間に涙を流していたようだ。どんな夢を見ていたのかと、思案の内容が二つになって、それらの疑問がすぐに霧散する。

「……ここは、どこでしょう」

首をひねり、新たな疑問を呟《つぶや》く。

見覚えのない場所だった。殺風景な、コンクリート打ちっ放しの狭い空間だ。

灰色の壁は無機質そのもので、内装は雑に設置されたパイプベッドがあるだけ。小さな窓には鉄格子が嵌《は》められていて、寝起きの陽光はそこから射《さ》していたらしい。

意図的に、一切の温かみを排除された環境だ。その証拠に、鉄格子が嵌められているのは窓だけではない。出入り口もだった。

まるで牢獄《ろうごく》だが、それ以上に適切な単語がルサルカの頭に浮かぶ。

それは――、

「――営倉、ですか？」

適切な単語は浮かんだものの、それはそれで疑念の尽きない状況だった。

営倉とは、早い話が懲罰房だ。

軍隊の駐屯地や基地内にある兵舎の一種で、主に軍規違反を犯した軍人を収容する施設である。多くの場合、ここで反省を促すために数日の拘禁を受ける。

無論、罪科によっては軍法会議にかけられる場合もあり、決して笑い事ではない。

ないのだが、考えれば考えるほど、ルサルカの胸中を疑問が埋め尽くす。

「何故、私が営倉に……？」

ここが営倉と仮定して、自分が拘禁されている状況に納得がいかなかった。

こう言ってはなんだが、ルサルカは営倉入りとは最も縁遠いタイプの人種だ。軍律を守るのは当然と考えているし、上からの命令に逆らう反抗心もない。

だから、この状況そのものが不当と訴えたいところだが――、

「昨夜から、今朝にかけての記憶がありません……」

こめかみに手を当てて、ルサルカは茫洋《ぼうよう》とした記憶の復元に頭を悩ませる。

丁寧に、昨夜の自分の足取りを逆算しようとするが、営倉入りの流れが不明瞭なので、その案は廃案にするしかなかった。逆に、覚えていることから遡れば、

「作戦のあと、司令の命令で街の視察に降りたはず。それから、通りでナタリーたちを見かけて、近くの店に。それで……それで？」

それで、何かがあった。

そこで何かがあったから、自分の記憶はあやふやになっているのだ。

その、途切れた記憶の糸を手繰り寄せようとして――、

「――覚えてないのか？　二十人ばかりの酔っ払い相手に大立ち回りしたのを」

昨夜の記憶の回想に、不意に第三者の声が割り込んできた。

「――っ、誰ですか？」

とっさに振り返るルサルカだが、相手の姿はどこにもない。

どうやら、声がしたのは壁の向こう――鉄格子へ歩み寄り、そちらを覗《のぞ》き込む。はっきりとは見えないが、隣にも同じ鉄格子が見えた。隣室も、同じ造りの監房だろう。

「つまり、お隣さんってわけだ。仲良くやろうじゃないか。なぁ？」

「すみません。営倉入りするような方と親しくするのは心情的に……」

「自分を棚上げしてよく言えたもんだな、お嬢さん！」

差し出した手を拒絶されたにも拘《かかわ》らず、声の男は豪快に笑い飛ばした。

友好的、というより馴《な》れ馴れしい態度の人物だ。初対面の相手とは慎重に距離感を測りたいルサルカとしては、あまりいい印象とは言えない。

ましてや、相手は営倉入りしている札付きだ。警戒するに越したことはない。

「なんだか妙に空気が乾いてきたが、まさか緊張してるんじゃないだろうな」

「いえ、それよりあなたは何者ですか？　何を犯して営倉に？　詐欺、ですか？」

「その、最初に詐欺を疑う根拠を聞いてもいいかい？」

「先ほど、聞き捨てならない発言があったもので」

胡乱《うろん》げな相手の声に、直前のやり取りを引っ張り出す。最初の驚きに流してしまいかけたが、彼の第一声はとても無視できたものではなかった。

「自分を棚上げして、と言われましたが、私がここにいる理由をご存知《ぞんじ》なのですか？」

「今しがた言ったろ？　街で、酔っ払い二十人をまとめて叩きのめしたんだって」

「語るに落ちましたね」

「なに？」

男の過ちを指摘し、ルサルカは訝《いぶか》しむ相手に悠然とチェックメイトをかける。

「私は酔客とケンカなどしません。アルコールは人間の判断力を低下させるので嗜《たしな》みません。軍人として当然の配慮です。よって、あなたの発言は嘘です」

「いやいやいや、したんだよ、ケンカ。酒も飲んでた。それで営倉入りだよ」

「チェック。——これを、論破と言います」

「聞けよ」

決定打を放り込んだはずが、往生際の悪い相手は食い下がってくる。

「まだ言い張るんですか？　私が飲酒して暴れたなんて荒唐無稽な作り話を」

「おい、頼むから酒場に入る前から前後不覚だったみたいな証言はやめてくれ。いつから酒を飲んでたのか、こっちの証言と食い違うだろ」

「ですが、真実はいつも一つですよ」

「その自信の出所はどこからなんだよ！」

嘆くように、相手が自分の頭を掻くような音が聞こえてくる。ずいぶんと自説に固執している様子だが、とても信じられない話だ。

『人が空想できる全ての出来事は、起こり得る現実である』とは、とある小説家が残した言葉だそうだが、物事には限度というものがある。

確かに、ルサルカは軍人の基礎として格闘術を習得している。だから、酔っ払った素人を相手に大立ち回りすること自体は不可能ではないだろう。

だが、可能であることと、実行することとの間には大きな隔たりがある。

「仮に私が酒場に入ったとして、よしんばアルコールを摂取したとしましょう。それでどうして、その後の大立ち回りに繋がるのですか？　何があればそんな……」

馬鹿なことをするのか、と続けようとしたところへ――、

「――ワルキューレだ」

ふと、鼓膜に投げ込まれた単語に息が止まった。

「――――」

「お前が暴れたのは、ワルキューレ絡みの問題だよ。エヴァレスカ大尉」

壁越しに、姿の見えない相手がルサルカの名前を呼んだ。

そして、押し黙ったルサルカへと、男は「それとも」と言葉を続けて、

「こう呼ぶべきか？　翼を畳んだ、『傷物』のワルキューレ」

それは、ルサルカの古傷を――否、今も血の滲《にじ》む傷口を抉《えぐ》るような行いだった。

一瞬、ルサルカは自分を貫く幻痛に身をすくめる。

「チェック、って言っても？」

「……そんなに、性格の悪いことをなさるんですか？」

「先にお前さんがやったことだけどな」

苦笑の気配があり、ほんの少しだけ営倉の空気が柔らかくなる。

そう感じた硬軟の分だけ、空気が固さを持っていたのだと遅れて気付いた。それをほぐしてくれたのが、言葉と裏腹な男の気遣いであるのだとも。

その気遣いに甘え、ルサルカは深々と息を吐くと、そっと瞼を閉じて、

「好きに……好きに、呼んでください。どんな評価であろうと受け入れます」

「そうか。わかった、ハニー」

「名誉棄損はやめてください」

「名誉棄損とまで言うか？　ユーモアのわからない奴だな……」

正直、今の流れで話の腰を折る人間に、ユーモア云々《うんぬん》を言われるのは腑《ふ》に落ちない。

ただ、そんなルサルカの内心を余所《よそ》に、男は「さて」と言葉を継ぐと、

「とはいえ、呼び名は色々だ。ルサルカ・エヴァレスカ。セカンド世代の期待の星。戦乙女の小隊戦術の母。エトセトラエトセトラ……」

「ずいぶん、私の個人情報に詳しいのですね」

「このぐらいは軍の人間はみんな知ってる。自分が有名人の自覚はあるだろ？」

それが、善し悪しを別とした知名度の話なら、確かに自覚はあった。

――ルサルカの名前は欧州軍では有名だ。

セカンド・ワルキューレの小隊で、トップクラスの戦果を挙げたエースパイロット。

今日《こんにち》の欧州戦線を支える戦術構築に携わった戦術家。

そして、その戦術を駆使する自らの小隊を離れ、翼を畳んだ『傷物』の戦乙女――、

「挙句に、酔っ払いを相手に大暴れですか。酒乱、の呼び名も追加でしょうね」

「おっと、俺の話を信じてくれる気になったのか？」

「……真実味は、ありましたから」

先ほどは否定した男の言葉を、目を伏せたルサルカは静かに受け入れる。

昨夜の記憶はいまだにない。だが、アルコールで判断力の低下した自分が、耳に入れたくない単語に激発したとしたら十分に納得のいく展開だ。

むしろ、営倉入りは温情措置と言える。――前代未聞の不祥事のはずだから。

「相当、お恥ずかしいところをお見せしたようですね」

「いいや、大したもんだった。頭はともかく、体の方の判断力が酒で鈍ってた様子はまるでなかったぞ。ただ」

「ただ？」

「八つ当たりを恥ずかしいと思うんなら、確かにあれは恥ずかしいところだった」

八つ当たりと、はっきり言われてぐうの音も出ない。

実際、八つ当たり以外の何物でもないだろう。自分の不徳を原因とした鬱憤を、酔いに任せて他人にぶつけた。我ながら最悪だった。

「ずいぶんな荒れようだったが、何かあったんなら話してみちゃどうだい？　こうして一緒に営倉入りした仲だ。みんなには内緒で、相談に乗ってやってもいい」

「相談……？　あなたに、ですか……？」

「なんだその疑わしい声。どこからそんな声が出たんだ？」

狙ったつもりはなかったので、純粋な本心が出たとしか言いようがない。

ともあれ、極々短い付き合いの、それも昨晩の記憶がない身としてはこの朝が初対面のような相手だ。とても相談相手に適しているとは思えない。

相談とは、自分の胸の内を相手にさらけ出すのと同じこと。付き合いの浅い相手に胸襟を開くほど、貞操観念が緩いつもりはなかった。

「付き合いの浅い相手だからこそ、気軽に話せることもあるだろうさ」

「そんなことありますか？」

「わからん。言ってみただけ。客観的な意見が欲しいならありだと思うが」

説得する気があるのかないのか、男の発言には捉えどころがない。だが、そんな曖昧な態度がかえってルサルカの警戒を和らげている、のかもしれない。

相手のペースに呑《の》まれているなと、ルサルカは久々に眉間の皺《しわ》を意識した。

「まだ納得いかないなら、俺のことは相槌《あいづち》を打つ壁とでも思ってくれ」

「壁は相槌を打たないと思いますが」

「想像力を働かせろよ。こんな世界だ。『人が空想できる全ての出来事は、起こり得る現実である』なんて言葉もある。何でもありだ。なぁ？」

「――――」

「うん？　どうした？」

「いえ……」

たまたまだが、内心で同じ言葉を引用したばかりだったので驚かされた。

それと同時に、自分の肩に入っていた余計な力が抜けるのを感じる。なんだか、意地を張っている自分が馬鹿馬鹿しく思えてきた。

「とにかく、騙《だま》されたと思って話してみろよ。それでもし、最後に改めて騙されたと思ってたら、そのときは腹いせに俺の首をへし折ればいい」

「わかりました」

「即答はやめてくれ」

ああ言えばこう言うの典型的な態度で、男らしくないとルサルカは思った。

生憎《あいにく》、彼の言い分に一理あると納得したわけではない。納得したわけではなかったが、
それでも、何となく口車に乗せられてみようという気にはなっていた。

ひょっとすると、これも昨夜の自暴自棄の延長なのかもしれないが――、

「ですが、いざ話そうとすると、何を話せばいいのか……」

「お前のことならどんな話でもいいさ。……口説いてるように聞こえたらごめんな？」

「壁は喋《しゃべ》らないでいただけませんか？」

「言っておくが、壁にはへし折る首はないんだぞ！」

不貞腐《ふてくさ》れたように言い放って、壁の向こうで男が寝台のスプリングを軋《きし》ませる。それから彼は「それなら」と言葉を続けて、

「もし俺がリクエストしていいなら、そうだな。……なんで、パイロットになった？」

「――――」

珍しい質問を受け、ルサルカは少し躊躇《ためら》った。

軍に入った理由を、ワルキューレになった理由を、尋ねられたことは何度もある。

だが、そのもっと手前の、飛ぶことを選んだ理由を聞かれたのは初めてだ。

それが物珍しくて、予想もしていなかったからなのか、唇がゆっくりと動き出した。

「――私が、初めて飛行機を見たのは、まだ幼い少女だった頃のことでした」

5

――ルサルカが軍に入ったのは、ピラーが出現するより前のことだ。

北欧の片田舎で生まれたルサルカは、両親と二人の兄に愛されてすくすくと育った。家庭環境は円満で、恵まれていたのだと自分では思っている。

やりたいことはやらせてもらえて、末っ子だからと甘やかされて育った。

もっとも、末っ子の権力に溺れるほど、ルサルカの生来の気質は怠惰ではなかった。

生真面目で融通が利かず、表情の硬さとユーモアのなさは昔からだ。その点は家族にもよく指摘されたが、ちっとも直りはしなかった。

学校は片道何時間も歩いて通うような田舎の僻地《へきち》で、同級生もほとんどいない。都会の存在は知っていても、実物を目にするなど夢のまた夢。

いっそ、都会とは大人が噂するだけの幻の地なのではないかと思っていたほどだ。

――そんなルサルカの世界が変わったのが、彼女が十一歳のときだった。

その日、校庭とは名ばかりのだだっ広い空き地に不時着したのは、はるか遠くの空からこの地へ飛んできたプロペラ機だった。

機体トラブルに見舞われながら、パイロットの腕で見事に不時着したプロペラ機――その、初めて目にした真っ赤な機体に、ルサルカは目を奪われた。

赤々と、燃える炎のようなカラーリング。一目惚《ひとめぼ》れとは、あのことだった。

片田舎の住民のほとんどが集まって、何とか故障した機体の修理に目途がつく。修理を始める日焼けしたパイロットの背中を、ルサルカは何日も眺め続けた。

「飛行機が好きか？」

ある日、毎日通ってくるルサルカを見かねて、パイロットがそう聞いていた。

その質問に反射的に頷いて、頷いてからルサルカは後悔した。

この赤いプロペラ機の話は、ルサルカの家では禁句となりつつあった。

最近、家でルサルカが話題にするのは赤いプロペラ機のことばかり。年頃の娘が鉄の塊に夢中になって、両親がいい顔をしないのは当然のことだった。

甘やかされた末っ子も、これればかりはお目こぼししてもらえなかった。兄たちはルサルカの味方だったが、子どもにできることなど大してない。

結果、ルサルカの憧れは抑え込まれ、行き場のない衝動が彼女の心を蝕《むしば》んでいた。

なので、反射的に肯定してしまったことをルサルカは後悔した。これが誘導尋問で、このパイロットと両親が結託していたら自分はおしまいだ。

そんな途方もない陰謀論に、身が凍る思いを味わうルサルカへと――、

「――そうか！　そいつはいい。俺も、飛行機は大好きだ」

そのパイロットは破顔し、ルサルカの答えに本当に嬉《うれ》しそうに頷いたのだった。

――以降、ルサルカは足繁《あししげ》くパイロットの下に通い、話を聞いた。すでに初老に入ったパイロットは喜んで、ルサルカに色んな話を聞かせてくれたものだ。

だから、ルサルカは自然と、いつか自分も飛行機に乗りたいと夢を語った。

「ああ、そいつはいい夢だ」

その人は、ルサルカの夢を笑わなかった。

片田舎の、一人の娘っ子の、熱に浮かされたような夢を聞いて、笑わなかった。

――修理が終わって飛び立つ日、パイロットはルサルカに贈り物をくれた。

それは古びて、色のくすんだドッグタグだった。今思えば、幼い少女に贈るようなものではなかった。しかし、その瞬間の感動は忘れられない。

いつか、いつか自分も空を飛ぶと、ルサルカはパイロットに約束をした。

パイロットは、待っているとは言わなかった。

再会の約束もしなかったし、そう言えば名前も教えてくれなかった気がする。

ただ、約束も、名前も必要なかった。

「集合場所は空、早いも遅いもない。――飛行機乗りには、それだけで十分だ」

歯を見せて笑い、パイロットは飛び立っていった。

空の彼方《かなた》に機影が見えなくなるまで、ルサルカはずっとずっとそれを見送っていた。

そしていつか、必ずいつかと、そう信じてルサルカは時間を過ごし――、

「——その約束した空を、今の私は飛ぶことができない」

ほつれるような息と共に、ルサルカは力なく呟《つぶや》いた。

無知で無謀、憧れだけが原動力だったかつての少女はもはやいない。代わりに、憧れを現実に変えるために努力を重ねたルサルカがいる。

家族の反対を押し切って故郷を離れ、女だてらに軍に入った。女性パイロットは狭き門だったが、その権利を勝ち取るべく研鑽《けんさん》を続けた。

そうした日々の先に、あの空へ届く瞬間がくるのだと信じていた。

だが、光の柱の出現が、望んだ空へ上がる日を望まぬ形で早めてしまった。

「選ばれたのではなく、飛べるものがいなくなってしまっただけでした」

女性パイロットへの昇格は、周囲の環境の激変がなし崩しに後押しした。

ピラーとの戦いで貴重なパイロットが失われ、速成教育を終えたルサルカたちが空いたパイロットの座に収まり、空へ上がる。

そうやって飛ぶうちにオーディンが現れ、ファースト・ワルキューレが誕生した。

ルサルカがセカンド・ワルキューレ、戦乙女の一人となったのも同じ時期だ。

「才能ではなく、考えている時間が長かっただけだと思います。私は飛ばない間も、飛んでいるときのことを考え続けていた。だから、人より少しだけ早く気付けた」

そのことを、誇らしく思ったことだってあった。

評価されることは嬉《うれ》しい。正しいと、努力が認められれば向上心が膨らむ。ルサルカだってそれは同じだ。隊の、セネアたちと挙げた戦果は誇りだった。

——そんな日々の積み重ねが、エイミーとの出会いで大きく変わった。

「ファースト・ワルキューレ、か」

ずっと黙っていた男の声に相槌を打たれ、ルサルカは顎を引いた。

この仕草は相手には見えていない。しかし、自分の中で一拍置くのに必要だった。

あの、全てが黄金色に輝いて見えたエイミーの笑顔が瞼《まぶた》の裏に蘇《よみがえ》る。

彼女と一緒に飛ぶことは、世界中の飛行機乗りが栄誉に思う大役だった。それなのに、ルサルカはその栄誉に頷けなかった。

あろうことか、ルサルカはエイミーに——、

「家名さえ神に捧《ささ》げた……いいや、人類に捧げた偉大な戦乙女か」

「そんな言い方はやめてください。エイミーは、偉大な戦乙女なんかではなかった。あの子はもっと、普通の……」

嬉しいことがあれば笑い、からかわれれば怒りもした。

だが、決して悲しむ姿は見せなかった。——あの瞬間以外は、一度だって。

「——」

ルサルカは口を噤《つぐ》み、言葉を続けられなくなる。

あの日、エイミーがルサルカの部屋にやってきて、二人の間で交わされた話があった。

その内容だけは、絶対に誰にも話すことはない。

「自分の半生まで話してだんまり、か。ここから先は有料会員だけってわけかい？」

「有料……？　いいえ、金銭を要求するつもりはありませんが……」

「ジョークを言うわりに冗談のわからん奴だ。ま、いいさ」

苦笑の気配に続いて、男がそこで言葉を区切った。

そして──、

「話の続きは、どうやらまた今度ってことらしいからな」

男がそうこぼすのと、鉄扉の開かれる甲高い音とはほとんど同時だった。

硬い靴音を響かせ、鉄格子の向こうに軍服姿の青年が現れる。腕章からして、営倉の監督をしている内務班の一人だろう。

青年は姿勢を正し、鉄格子越しにルサルカを見やると、

「ルサルカ・エヴァレスカ大尉、規定により釈放です。出なさい」

「は」

釈放を言い渡され、ルサルカは反射的に敬礼する。その敬礼を見届け、監督役の軍人は鉄格子の鍵を開け、ルサルカに自由を与えた。

何とも拍子抜けした気分で、ルサルカは鉄格子を抜け、監房の外へ。

「一晩頭を冷やして……酔いを醒《さ》ましての方が適切か？　それで釈放とは、ワルキューレ様の特権ってのはいいもんだ」

ルサルカの釈放を受け、切れ味の鋭い男の皮肉が飛ぶ。その内容に半眼になり、ルサルカは相手の顔を拝んでやろうと隣の監房の前に立った。

しかし――、

「こちらを向いてくれませんか」

「残念ながら、昨日の誰かさんの暴れっぷりに巻き込まれてひどい面なんだ。こんな面構えで誰かの記憶に残されちゃたまらない」

「む……」

監房の中、男は硬いベッドに寝そべって背を向けている。この角度からわかるのは、男の背が高いことと、くすんだ金髪の持ち主であることぐらいだ。

覚えのない罪悪感を人質にされて、振り返ってくださいとも頼めない。

「では、私は身の上話までした相手の顔もわからないまま出ていけと？」

「俺の方はばっちり覚えてる。機会があれば、俺の方から声をかけるさ」

「つまり、名乗るつもりすらないと」

「顔も名前もわからない。その方がロマンティックな気がするだろ？」

そう言われ、ルサルカは短く息をついた。

顔はともかく、名前のわからない相手と再会を約束するのは久しぶりだ。

結局、あの日のパイロットとの再会は叶《かな》っていない。この約束も、どうなることか。

「約束は果たすさ。――俺は、約束を大事にする男だからな」

「……そんな、背中を向けたまま格好つけられても困ります」

格好がつかない、とルサルカは指摘するが、最後まで男は振り返らない。ただひらひらと手を振る男に見送られ、ルサルカは営倉の外へと足を向けた。

「すみません、聞いてもよろしいですか？」

営倉の外に出ると、早朝の空気を浴びるルサルカが監督役の青年に振り返った。その言葉に青年は「は！」と、直立不動の姿勢を取る。

ルサルカへどんな態度を向けるべきか、それは彼にも難しいところだろうに。

「なんでしょうか、エヴァレスカ大尉」

「釈放後、私はどちらへ出頭すれば？」

「はい。いいえ、自分は何も聞かされておりません。ご自由になさってください」

「自由に……」

そんなわけにはいくまいと、ルサルカは自分の行いを顧みる。

元々、ルサルカが街へ降りたのは司令からの命令だった。それに従った結果が、酒に呑《の》まれた挙句の乱闘騒ぎなのだ。――正直、不名誉除隊も覚悟の不祥事である。

せめて、ルサルカの口から直接、その事情を謝罪しに向かわなくては。

「記憶が曖昧な状態で向かうのは恥の上塗りかもしれませんが……」

少なくとも、昨夜の自分がちゃんとした弁明ができたとはとても思えない。引導を渡されるとしても、記憶と責任のある自分が受け取るべきだ。

「ご迷惑をおかけしました。それから、私の隣の監房にいた方ですが……」

何者なのか、と青年に尋ねようとしたルサルカの舌が強張《こわば》った。一瞬、そこで言葉を躊躇《ためら》ったルサルカに監督役が怪訝《けげん》な顔をする。

「――。いえ、何でもありません。失礼します」

聞くのは無粋と、ルサルカは首を横に振って質問を引っ込めた。

締まらない形ではあったが、彼は『約束は守る』と宣言したのだ。ならば、その誓いを守る機会をこちらから奪うのは、さすがに人道に反している。

何より――、

「……本当に、少しだけですが」

話して気持ちが楽になったと、そんな感覚が胸を軽くしてくれていて。

そのことに感謝したい気持ちが、ルサルカの足をわずかだけ軽くしてくれていたから。

6

「ルサルカ、酔っ払ってケンカしたって本当？」

「――――」

昼食時、基地の食堂の端の席を確保していたルサルカに、隣の席に座ってきた少女が言葉を飾ることなく尋ねてきた。

ちらと見れば、視界に飛び込んでくるのは感情表現に乏しい整った横顔だ。

褐色の肌と薄紫色の瞳、長い黒髪が特徴的な背の低い少女だった。

軍服に袖を通しているが、いかにも服に着られている感が否めない。学生が背伸びしたようにしか見えないが、事実、彼女は女学生の年頃だ。

確か、ルサルカより三つ下の十六歳だっただろうか。その実年齢よりさらに幼く見える容姿のため、ますます軍人からは縁遠い印象になっている。

「ルサルカ、聞いてる？」

「……ええ、聞いていますよ。アルマ・コントーロ」

「アルマでいい。別に」

そう言って、少女――アルマ・コントーロが上目遣いにルサルカを見つめる。感情の波打たない無表情、そこは彼女とルサルカとの共通点と言えた。

こんな風に、誰とも連れ合わずに食堂の端で食事を取ろうとする姿勢もそうだ。

「ただし、私の場合はなし崩しです。あなたはそうする必要はないのでは？」

「ルサルカ、ぼっち飯したいの？」

「……何故でしょう。初めて聞く単語なのに、無性に屈辱的な言葉に聞こえます」

語感の問題だろうか、と考えながら、ルサルカは昼食に手を付ける。そのルサルカに倣い、アルマも自分の食事にちまちまと手を付け始めた。

そうして並んで食事する二人だが、その周囲には人が全く寄り付かない。食堂に人がいないわけではなく、純粋に二人が――否、ルサルカが避けられている結果だ。

すっかりこの腫れ物扱いにも慣れてきたつもりでいたが、思いがけない形でそれに拍車をかけてしまったので、ちゃんと自分にも人並みの感性が残っていたのだなと、それこそ他人事のようにルサルカは考えていた。

――元々、ルサルカの立場はこのハンブルク基地では複雑なものだった。

身体的な原因ではなく、心情的な問題で英霊機を飛ばせなくなったワルキューレ。それがルサルカが『傷物』と呼ばれ、白眼視される原因だ。

良くも悪くも、基地の人間から扱いづらい立ち位置とされてきたルサルカ。そのルサルカが事もあろうに、民間人相手に酒に酔って乱闘騒ぎを起こしたのである。

ルサルカの素行からしても異常事態だったが、それ以上にワルキューレがケンカが原因で営倉にぶち込まれるなど、前代未聞の出来事だった。

故に、周囲の人間がこれまで以上に彼女を腫れ物扱いするのは当然のことだ。

「自業自得と、受け止めてはいますが……」

周りの困惑と動揺を受け、ルサルカは自分の行いを顧みる。

以前、エイミーが食堂で一人で佇《たたず》んでいる光景を寂しく思ったものだが、実際にこうして自分がその立場に立ってみると、思った以上の空虚さが胸を衝《つ》く。

そうするとますます、当時のエイミーとの接し方を後悔したりもするが――、

「それで、どうなの？」

思案と食事の並行作業に、そっとアルマが声を差し込んでくる。

ちょうど咀嚼《そしゃく》していたチーズとペンネを呑《の》み込んで、ルサルカは首を傾げた。

「どう、とは？」

「痴呆《ちほう》？」

「あなたは本当に口が悪いですね……」

悪気のないアルマの一言に眉を顰《ひそ》め、ルサルカは自分の眉間を揉《も》んだ。

こうして、眉間の皺《しわ》を気にするのも久しぶりのことだと思う。その感傷と、今朝の営倉で心情を吐露したこととが無関係ではないだろうとも。

「酔客とケンカをしたのは事実、だそうです。覚えていないのですが」

「覚えてないって、頭を集中的に殴られたの？」

「アルコールと脳障害と、どちらの方が情状酌量の余地があるか悩みどころですね」

「……意外」

ナプキンを口に当て、端的な感想をこぼしたアルマにルサルカも同意する。

酒を飲んだことも、酒に呑まれたことも、ルサルカにとって想像の埒外《らちがい》の出来事だ。挙句、それで酒場で乱闘騒ぎなどと狐《きつね》につままれたとしか思えない。

とはいえ、状況証拠はそれら全てが事実であると物語っていた。

「ですから、あなたも私と一緒にいない方がいいでしょう。周囲に面白おかしく事実を脚色されたくなければ」

「夜な夜な、二人で男を弄んでるとか？」

「大雑把《おおざつぱ》に言えばそうです」

大雑把な意見を大雑把に肯定して、アルマが「ふーん」と鼻を鳴らすのを横目にする。

何とも興味の薄い反応だが、往々にしてアルマの態度はこんなものだ。

異端児、変わり種、そういった表現が似合うスタンスを貫く少女。

ヴィクトリカやカナンにも、いささか規律を軽視するところがあったが、それでも彼女たちは職業軍人──根っこのところで、そこは曲がらなかった。

その点、アルマが彼女たちと異なるのは、サード世代のワルキューレだからだ。

元々、軍人の中から最低限の適性によって選抜されたセカンドと違い、全世界から適性の高さを焦点に選び抜かれた精鋭、それがサード世代。

軍人であり、ワルキューレでもあったルサルカたちとは違う。

彼女たちは、軍人である前にワルキューレとなった世代なのだ。

これもワルキューレとしての加護の一環と言えるのだろうが、戦乙女として覚醒し、英霊機を賜った時点で、そのワルキューレは英霊機を自在に扱える。

翼の使い方を知らない鳥がいないように、ワルキューレたちは自然と自分の戦翼の扱い方を知っているのだ。それがセネアやカナンのように、元は別の兵科の出身者であっても、ルサルカたちと遜色なく空を飛べた理由である。

もちろん、個々の技量にはセンスや経験の違いは生じることになるが、それさえもワルキューレとしての資質の高さが補わせる範疇《はんちゅう》のことだった。

それもあって、彼女たちの軍人としての歴史は驚くほど短い。それこそ、最低限の速成教育だけ詰め込んで、あとは実地で学べというレベルの話だ。

それだけ戦況が困窮していた証であり、その上層部の判断は一種の暴挙であるとさえ言われたが、それは突如として現れた神を信じた各国首脳の恥ずべき英断のように、奇跡的な成果を挙げ、苦境を立て直した。

その、今日の欧州戦線を支えている主力こそがサード・ワルキューレ。

それだけに、サード世代は自分たちがワルキューレであることの自負と自尊心を強く持っていることが一般的だ。

当然、戦乙女の役割からドロップアウトしたルサルカへの印象は悪く、こうして当たり前のように接してくるアルマの対応は異端としか言いようがなかった。

「――――」

当のアルマはそうした事情を意に介さず、ルサルカの隣で小動物のように頬袋を膨らませて、一生懸命食事に勤《いそ》しんでいる。

基地への配属当初から、アルマのルサルカへの態度は一貫していた。

いつも一緒にいるわけではないが、こうして時が合えば食事を共にすることもある。それがルサルカとアルマの距離感だった。

そのことに、少なからず救われている自分がいることにルサルカは自覚がある。

だから、建前のような拒絶を、殊更強く訴えることをしないのだろうと。

ただし、それはルサルカとアルマだけの見解であり――、

「――昨晩のことがあって、ずいぶんといい御身分ですのね」

当然だが、周囲全てに理解を得られる話ではない。

「――――」

澄んだ雷光のような声音だった。

周囲の雑音をねじ伏せ、傾聴を強制するような強烈な存在感。全身から覇気を漲《みなぎ》らせたその姿は、声だけではなく肉体までもが稲妻の化身とすら思える。

明るい赤毛を丁寧に巻いて、つんと澄ました表情に生まれながらの気品を宿した人物だ。形のいい眉を吊《つ》り上げたその少女は、テーブルに手をついてルサルカを睨《にら》みつける。

その、相手の琥珀色《こはくいろ》の瞳を見つめ返し、ルサルカはフォークを置いた。

「ナタリー・チェイス、あなたも食事ですか」

「ええ、ええ、その通りですわ。ですけれど、あなたを見かけてそれどころではなくなりましたの。──いったい、昨夜は何を考えておりましたの」

鋭い視線でルサルカを射抜き、その胸中を真っ直ぐ問うてくる少女──彼女の名前はナタリー・チェイス。この基地のサード・ワルキューレの一人だ。

突出したワルキューレ適性と、優れた操縦技術を持った将来有望な戦乙女であり、この基地のワルキューレ小隊の指揮官でもある。

いわゆる、サード・ワルキューレの見本のような人物であり、人類のためにワルキューレに志願し、強い自尊心と使命感を抱いていて、そして──、

「気高く尊いワルキューレが、あろうことか営倉入りだなんて……言語道断ですわ」

そして、わかりやすくルサルカに敵意を示してくれる一人だった。

「──」

この、負感情を全く隠さないナタリーの言葉が、ルサルカにはいっそ快かった。

腫れ物扱いされるより、明快に敵意を向けられる方が気が楽だ、という話ではない。ただ、自分の行いを咎《とが》められたいという自虐的な姿勢とも異なる。

強《し》いて言うなら、ルサルカ自身がどうこうではなく、ナタリーの在り方が快い。

悪いと思ったものを悪いと断ずる、そこに迷いがないのが羨ましいのかもしれない。

「聞いていますの？」

と、無言を貫くルサルカに、ナタリーが不機嫌そうに目を細めた。そのナタリーの一声に我に返り、ルサルカは「いえ」と首を横に振った。

「すみません。突然だったので戸惑っていました」

「……また、そうやって他人事のように。あなたは昨晩のこと、どのぐらい深刻に受け止めていらっしゃるんです？」

「どのぐらい、ですか」

「当然でしょう。ご自分でも、前代未聞のことと思われたはず」

図星を突かれ、ルサルカには言い返す言葉もない。

実際、営倉から釈放された直後、ルサルカは不名誉除隊を言い渡されることも覚悟して司令の下へ向かった。そして、司令に昨夜のことを謝罪し、沙汰を待ったのだ。

だが、そんなルサルカの覚悟に反して、下った罰は始末書の提出のみだった。

はっきり言って、放免も同然の甘い処分だ。これでは、ワルキューレは特権階級だと皮肉られるのも無理はない。ルサルカ自身、特別扱いされたと感じてしまった。

その事実に押し黙るルサルカへと、ナタリーは腕を組んで嘆息する。

「ただでさえ、あなたは複雑な立場ですのよ。事情があったとはいえ、あなたが起こした問題はあなた一人の問題にとどまりません。たとえ飛べなくても、あなたは……」

「――。私は、もうワルキューレでは」

「そんなことはわかっています！」

ぴしゃりと、再びの稲妻が食堂の空気を切り裂いた。

一瞬、自分でも思わぬ声が出たのか、ナタリーがとっさに自身の口に手を当てる。

そのまま、微妙な緊迫感が張り詰める空気を――、

「……ナタリー、うるさい」

自分の耳を両手で塞いで、恨めしい目でナタリーを睨むアルマが割った。

そのマイペースなアルマの言葉に、ナタリーは口に当てた手をそっと下ろすと、

「……アルマさん、何度も言わせないでくださいませんこと？　そうやってあなたが彼女と親しくしていると、周りに示しがつきませんのよ」

「示し？　周りに合わせて？　なんで？」

「また、そうやって聞き分けのないことを……」

首をひねり、不思議議そうな顔のアルマにナタリーが唇を大いに曲げる。そのままだと、良からぬ形で両者の関係が爆発しそうだ。

同じ隊の仲間同士、そうした関係の摩擦には百害あって一利なし。

「ナタリーの言い分が正しい。アルマ、彼女はあなたの戦友です」

手早く食事を片付け、ルサルカは食器を載せたプレートを持って立ち上がる。

そのルサルカを見上げ、アルマが不満そうな目つきをした。

「戦友は、ルサルカも」

「――――」

アルマの一言に、ルサルカは言葉を返さず、表情も動かさなかった。

ただ、黙って目礼し、それからナタリーの方へ振り返る。

「ナタリー、今回のことは猛省しています。二度と、こんなことはないようにします」

「当然です。本来、一度だってあってはなりませんのよ。ですが……」

「ですが？」

「相変わらず、何一つ言い返そうとしませんのね」

腕を組み、苛立《いらだ》たしげに言い放つナタリーにルサルカは目を見張る。

誇り高い少女だ。全面的に相手に非のある場面でも、弁明や反論の機会を与えようとする。だが、ルサルカは首を横に振った。

「当然の評価ですから」

「――っ、そうではなく、わたくしが言いたいのは……」

空色の瞳を伏せ、応じるルサルカにナタリーが声を荒げかけた。しかし、直前の怒声のこともあり、すぐに彼女は口を閉ざしてしまう。

その間に、ルサルカは早々に二人に背を向け、食器を配膳口へ片付けた。

「――――」

見れば、やはり食堂内で三人は悪目立ちしてしまっていた。今朝のルサルカはいつにも増して有名人なのだ。これ以上、二人まで悪い噂には巻き込めない。

「これを、アルコールのせいだったと割り切れればいいのですが……」

記憶がないことの原因がアルコールにあったとしても、ルサルカ自身が営倉入りする原因にはアルコールは関係がない。

責任転嫁すべき相手も見つからないことが、一番の問題なのかもしれないと。

そんなことを考えながら、ルサルカは一人、食堂の外へ出ていくのだった。


――その、去っていくルサルカの背中を見送り、長く長く息を吐く影が一つ。

「……どうして、そんなに何もかも諦めた顔をして」

そう言いながら、取り残されたナタリーは椅子に腰を下ろす。それは直前までルサルカが座っていた一席だ。掌《てのひら》が、温《ぬく》もりの残る座席を軽く撫《な》でる。

「……変態っぽい」

そんなナタリーの仕草に、隣で食事中のアルマが言葉を飾らず呟《つぶや》く。それを聞いて、ナタリーは「あなたは……」と恨めしげな目をアルマに向けた。

「眉間の皺、おやめなさいな。人生は顔に出ますのよ」

「どこで聞いたの、それ」

「他愛のない、どこにでもあるお話ですわよ」

「ふうん。……いいけど、別に」

アルマの問いに視線を逸《そ》らし、ナタリーは長い睫毛《まつげ》に縁取られた目を伏せた。その彼女の姿からは、稲妻のような強く鋭い印象は薄れている。

その眩《まばゆ》い雷光を取り除けば、残されているのは一人の年若い少女に過ぎなかった。

「……何も、言ってはくれませんのね」

「ナタリー、うるさいからどっかいってほしい」

「まぁ、なんて言い草なんでしょう」

飾り気のない言葉に唇を緩めて、ナタリーは頬杖《ほおづえ》をついた。

そんなナタリーの隣で、アルマは冷めかけの昼食を黙々と食べ続けるのだった。

7

アルマやナタリーと別れたあと、ルサルカは所在なく基地の中を彷徨《さまよ》っていた。

どうにも、落ち着ける場所が見つからない。生来の生真面目さが災いし、こういう場合において、ルサルカには時間を有意義に使う才能がなかった。

「元々、厄介者ではありましたが……」

遠巻きに感じる視線の多さに、ルサルカは居心地の悪さを味わって辟易《へきえき》とする。

昨夜のルサルカの不祥事は、食堂どころか基地中に知れ渡っているらしい。

噂にどんな尾ひれがついているのかわからないが、今のルサルカは『民間人に暴力を振るい、大したお咎めも受けない元ワルキューレ』といったところか。

「……考えられる限り、最悪の風聞ですね」

かつて、ここまで悪い評価を積み上げたワルキューレが他にいただろうか。

少なくとも、セカンドの中で最長の軍歴を持つルサルカの知識にはそんな戦乙女は存在しない。ひょっとすると、軍部が不祥事を握り潰しているのかもしれない。

それが、ルサルカの酒乱の慰めになるわけではないが。

営倉入りと始末書の提出、それに加えて二日の謹慎。――それがルサルカの処分だが、厳密には周りを動揺させないための処置だろう。

結果、自分の持ち場に顔を出すことができず、私室にこもっているのも躊躇《ためら》われたルサルカは、基地の中を彷徨い歩き、そして――、

「――」

自分がどこへ辿《たど》り着いたのか気付いて、ルサルカは息を詰めた。

「格納庫……」

呟くルサルカの眼前、ツナギを着た整備兵たちが忙《せわ》しなく行き交っている。

昨夜の出撃から半日、パイロットたちは一時の休息を得たが、その裏で彼らが夜通し休みなく働いていたことが、その鬼気迫る表情から窺《うかが》えた。

ピラーとの戦いで主戦力になるのは、ワルキューレの英霊機だ。

英霊機は神から授かった、言わば『神器』である。その整備に関してはモデルとなった機体と全く同じ手間暇を必要とするため、十全な稼働には整備の腕が欠かせない。

そして、空の戦いとは英霊機だけでするものではないのだ。

ワルキューレがその性能を十全に発揮するためには、ワルキューレ以外の戦力が必要不可欠。それら航空戦力の整備と維持も、整備兵のフル稼働の原因だった。

戦場の空を翔《かけ》る翼を整えるため、プロフェッショナルたちが命を削っている現場。

当然、ここにもルサルカの出る幕などない。

居座っても、自他共に居心地の悪さを募らせるだけと、格納庫に背を向け――、

「──あーら、『傷物』じゃないの。久々に顔見せたわねえ」

「────」

不意に聞こえた野太い声に足を止め、ルサルカは内心で失敗したと臍《ほぞ》を嚙む。

立ち止まらなければ、そのまま聞こえなかった振りをして立ち去ることができた。しかし、ルサルカは足を止めてしまった。

その逡巡《しゅんじゅん》は一目で、こちらを呼び止めた相手にも見抜かれてしまう。

「ちょーっとちょっとちょっと、無視しないの。ほらほら、こっちきなさいよ」

「リーベル整備長……」

立ち止まったルサルカの下へ、つかつかと早足に靴音が近付く。その音に観念したようにルサルカが振り返ると、長身の微笑と真正面からぶつかった。

相手はにんまりと微笑み、好奇と期待に濡れた瞳でルサルカを見つめていて。

「聞いたわよ〜。街の酒場で暴れたんでしょ？　うふふ、やるじゃな〜い」

「……ええ、やらかしてしまいました」

「あらら、思ったより応えちゃってるみたいねえ」

肩を落とすルサルカの前、頰に手を当てて腰をくねらせるのは、ロジャー・リーベル整備長──ハンブルク基地の整備兵のまとめ役で、ベテランの軍人だ。

百九十近い長身はしなやかに鍛え上げられており、強いパーマのかかった明るい茶髪と、ピンク色のヘアバンドが特徴的な、れっきとした男性である。

なかなかインパクトの強い御仁だが、整備の腕は飛び抜けて優秀。彼がいなくては、この基地の戦闘機の稼働率は半分になると言われていて、欧州戦線を支える陰の立役者であると、そんな風に評されている。

そんなロジャー整備長に捕まり、ルサルカは恨めしげな目で彼を睨むと、

「あなたも、私に近付くと投げ飛ばされて危険かもしれませんよ」

「ふふっ、凹《へこ》んでる凹んでる。何よ、可愛いとこ見せちゃってもう」

嘆息して、ロジャーが俯《うつむ》くルサルカの顎にそっと指を添える。その指に、ルサルカの下がった顔が上がると、彼は長い睫毛を震わして、

「お酒の失敗なんて、大人の階段を上る途中で誰もが味わうものよ。たまに人間らしい失敗したくらいで何よ。普段は人間かわからないくらい反応悪いくせに」

「さすがに、非人間を疑われるほど人間らしさに疎いつもりはないのですが」

「あはは、それ笑える」

ジョークのつもりのない発言をジョーク扱いされる。それが思った以上に腹立たしいことだと、ルサルカは初めて思い知った。

と、そんな微《かす》かな憤懣《ふんまん》を胸に溜《た》め込むルサルカを見て、ロジャーは「あら？」と何かに気付いたように眉を上げて、

「──ルサルカ、ホントにちょっと変わった？」

「え？」

「いえね？　さっきの話の続きじゃないけど、今日はやけに表情あるじゃない。もしかしたら、お酒がホントに薬になってくれたのかもしれないわね」

「────」

無自覚を指摘され、ルサルカは自分の頰に指で触れる。普段と、頰の硬さが変わった自覚はない。そもそも、気分的にはいつもより落ち込んでいるぐらいだ。

「もし、お酒じゃないなら……男ね」

「違います」

「あ〜ら、すぐに否定？　いつもなら、もっともったいぶってから言い返すのに」

反射的に言い返したルサルカに、ロジャーがそのいやらしい笑みを深める。

だが、それは本当に下種《げす》の勘繰りだ。探られて痛い腹など全くない。見当外れも甚だしい意見だった。だから、営倉のことなど頭を過《よぎ》らない。

「ま、そこまで言うなら大人しく聞いておきましょう。そ・れ・よ・り、あたしとしてはどうしてここにやってきたのかの方が重要なのよね〜」

「そ、それは……」

「──スピットファイア」

一言。直前までの雰囲気を掻《か》き消したロジャーが、そう一言だけ発する。

途端に、ルサルカはまるで魔法にかけられたように動きを止め、息を呑んだ。

「あなたの英霊機も、ちゃんと整備して置いてある。いつでも、空へ上がれるわ」

自分の肘を抱くように腕を組んだロジャー、その視線が格納庫の一角へ向けられ、ルサルカの視線もそちらへつられてしまう。

そして、そこで灰色のシートを掛けられ、静かに時を待つ英霊機を捉えた。

「――――」

瞬間、ルサルカの胸中を去来するのは、複雑で莫大《ばくだい》な感情だ。

喜びと怒り、悲しみと罪悪感、およそこの世の感情と呼べる感情、その全てが一気にルサルカを押し流していく錯覚さえ覚える。

少なくとも、感情に乏しい自分の感情を総動員していることは間違いない。だって、そのぐらいあの機体は、自分にとって大きな存在なのだ。

――あの英霊機は、ルサルカの空への想《おも》いの全てだった。

「英霊機は、それを授かったワルキューレ本人にしか性能を出し切れない」

「――――」

「ワルキューレになれるのは女の子……それも、若い子限定だもの。だから、神様から英霊機だけ貰《もら》って、肝心の操縦は熟練に任せる。当然の発想よね」

押し黙るルサルカの隣で、ロジャーが語るのはワルキューレが誕生した当初の構想だ。

そのロジャーの語る構想は何度か実験され、ワルキューレが神から授かった英霊機に、実際に空軍パイロットを乗せて飛ばせたこともある。

だが――、

「神通力って言うんだっけ？　不思議と、当事者じゃないと発揮されないのよね」

ワルキューレではないパイロットが操縦すれば、英霊機は外見通りの古臭いプロペラ機としての性能しか発揮できない。それはワルキューレ同士、英霊機を交換した場合にも適用される絶対の法則だった。

つまり、一つの英霊機には一人のワルキューレ、それが不文律であり、

「このままだと、格納庫を無駄に占領してるだけなのよね、あの子」

「……何故、機体の整備を？」

「あらやだ、あたしに興味が湧いてきたの？　嘘、嘘、冗談よ」

低く問い返したルサルカに手を振り、ロジャーは「そうねえ」と思案すると、

「ここで、『あなたがいつか必ず飛べるようになるって信じてるからよ』って、そう言えたらカッコいいんだけどね。でも、そんな確信とかあたしにはないし」

軽い調子で、ロジャーはあっさりとルサルカへの期待の薄さを表明する。その真っ正直な物言いに思わず苦笑した。これも、彼らしい気遣いだと。

そのルサルカの笑みに、ロジャーは細く整えた眉尻を下げて、

「だから、一番真相に近い返事は習性でしょうね。そこに機体があれば整備してしまう。直してしまう。飛べるようにしてあげちゃう」

「――――」

「機体は直してあげる。でも、人間の修理はあたしの専門外だから」

ある意味、薄情にさえ聞こえるロジャーの言葉。それを受け、ルサルカは空色の瞳をそっと伏せ、唇を嚙んだ。

やはり、自分がここにいる資格はないものと――、

「――だから、昨日の話にはあたしも驚いたのよ。少しは立ち直れたのかしら？」

「……は？」

思いがけず、そこで最初の話題へ逆戻りしたことにルサルカは瞠目《どうもく》する。

一瞬、ノイズが走るように思考が乱れる。その乱れがすぐに収まると、今度はまたからかわれたのかとロジャーの笑顔に目を向けた。

しかし、悠然と佇むロジャーの態度に不審な点は見られない。内心を隠すのが上手《うま》い相手と、疑ってかかればキリがないが、

「何故、昨夜の不祥事が私の立ち直る切っ掛けに？　アルコールにそこまでの力があると過信するのは、酒好きの誤った信仰ではないかと」

「ひねたこと言っちゃって、可愛くないわねえ。——泣き顔は可愛かったのに」

「な……！」

自分の唇に指を当て、ウィンクするロジャーの一言に絶句する。

知らず、頬が熱くなった。泣き顔、とはどういう意味なのか。

「……その泣き顔とは、私とあなたの間で共通の概念でしょうか？」

「下手な誤魔化《ごまか》しだわぁって言いたいとこだけど、これは悪いお酒みたいね。ええ、あたしとあなたで同じ意味の泣き顔よ。意味、わかるでしょ？」

瞼《まぶた》から頬にかけてを指でなぞるロジャーの仕草に、ルサルカは息を詰める。

わざわざ、突拍子もない嘘をつく理由は彼にはない。たぶん、ないだろう。何より、ルサルカ自身、今朝の営倉で目覚めたときに涙の痕跡には気付いていた。てっきり、夢見がそうさせたものだとばかり思っていたが——、

「いったい、昨夜の私に何が……!?」

事実関係だけをさらった結果、酒に酔った自分が民間人相手に暴れ回ったのだと結論付けていたのだが、どうやら事はそれだけにとどまらないらしい。

いったい、自分の醜態は基地中の人間にどのような形で広まっているのか。

ジッと自分の手を見るルサルカに、ロジャーは「さあねえ」と肩をすくめた。

「生憎《あいにく》、あたしは忙しくしてたから。見られたのは、あなたが営倉に放り込まれるところ

だけよ。決定的なシーンは見損ねて……あ、泣き顔は見ちゃったわぁ」

「わ、私は、自分の罪に怯えてみっともなく泣き喚《わめ》いていたのですか……？」

「さあてね。――どう思う？」

試すような問いかけだが、彼がルサルカの疑問の答えを持っていないのは事実だろう。

これは意地悪ではなく、彼なりの真摯な対応だ。

だとすれば、ルサルカの知りたい答えを聞ける相手は一人しか思いつかない。

「リーベル整備長、私はこれで。行くところができてしまいました」

「あらそう？　あたしもまだ仕事があるし、止めないけど……大丈夫？」

所在なく彷徨《さまよ》っていた足の行く先を定めて、顔を上げたルサルカにロジャーが尋ねる。

その問いかけに、ルサルカの視線が一瞬だけ泳いだ。

――その空色の瞳に、シートを被《かぶ》せられた愛機が映り込んで。

「はい。少なくとも、この場は」

逡巡《しゅんじゅん》は刹那で掻き消え、ルサルカは頷いた。

そして、まるでこちらの全てを見透かしているみたいに、達観した眼差《まなざ》しをする整備長へと敬礼して、

「ひとまず、昨夜の自分の涙と決着をつけてまいりますので」

8

「──こっちから見つけるって約束したのに、ロマンのわからん女だな、まったく」

勢いよく扉を開け放ち、鉄格子の前に立ったルサルカの姿に男は苦笑した。

長身、くすんだ金髪。半日前にはついぞ見ることのできなかった顔立ちの中、宝石のような青色の瞳と、無精髭の浮いた野性味のある笑みがよく似合う。

ようやく目にした男の姿に、ルサルカは獅子《しし》を前にしたような印象を受けた。

獰猛《どうもう》だからではなく、風格だ。どっしりと構えたその姿に、そんな印象を抱かされる。

「────」

──昨夜の記憶の答えを求めて、ルサルカは再び営倉へと足を運んでいた。

相手もさすがにこの訪問は予想外だったらしく、背中を向けるのは間に合わなかった。

なので、今朝はもったいぶられた男との対面がようやく叶《かな》ったわけだが──、

「どうした？　用があるから出向いたんだろ？　何か言っちゃどうだい」

「ひょっとして、檻《おり》の中にいるからライオンに見えるんでしょうか？」

「うん、待て。何か言えってのは会話しませんかって意味で言ったんだよ。その話題の投げ方じゃキャッチボールとは言えないぞ。フットボールは好きだがね」

そう言って、男は寝台に腰掛けたまま、変わらず監房の中からルサルカを出迎えた。

半日で釈放されたルサルカと違い、男の拘禁は丸一日に及ぼうとしている。その事実に一般兵と戦乙女の待遇の格差を感じたが、その感情を今は黙殺した。

代わりに、この伊達男《だておとこ》に聞きたいことがある。

「昨夜、あなたは酒場で暴れた私と一緒だったと言っていましたね」

「うん？　ああ、そうだな。そうだが、そんなことが聞きたくてきたのか？　おいおい、いったいどこから人の話を疑えば気が済むんだ？」

「そこは信用していますよ。内務班の方に、昨夜から一緒だと確認しましたから」

「それは俺への信用じゃなく、裏取りが済んだってだけの話じゃないか」

金髪を指で掻き毟《むし》り、伊達男がルサルカの判断に口を挟む、が、そこは念には念を入れるルサルカのスタイルなので、男にも諦めてもらいたい。

ともあれ、伊達男の立場の前提条件は確認が取れた。

あとは——、

「昨夜のことを、もう少し詳しく聞かせてください。あなたの話では、私が暴れ出したのはワルキューレの話題を聞いたからと……」

「——おっと、情報は正確にだ。復唱しろ、エヴァレスカ大尉」

「——」

「ノリが悪いな。それと、不本意な話題に対する記憶力も問題ありだ」

長い足を振り上げ、下ろす動作で伊達男が寝台から立ち上がった。ゆっくり、彼は鉄格子へ歩み寄ると、格子越しにルサルカと正面から見つめ合った。

ルサルカも、女性としては背の高い方だが、伊達男の上背は男性の中でも長身に入る。

ルサルカとの身長差は大きく、真正面に立たれるとわずかに見上げる形だ。

だが、不思議とそれを威圧されたようには感じなかった。ただ居住まいを正して、ルサルカは伊達男の続く言葉を傾聴する。

「今朝のことなら、俺は正確にはこう発言したはずだ。——お前が暴れたのは、ワルキューレ絡みの問題だよ、ってな」

静かに、嚙《か》み含めるように言い直され、ルサルカの記憶が刺激される。途端、男との朝のやり取りが思い出され、その反芻《はんすう》が真実であると海馬が肯定した。

微妙なニュアンスの違いだが、細かな部分が変われば内容自体が変わることもままある。まして、軍では命令の復唱は伝達ミスを防ぐための必須事項。

「私が暴れたのは、ワルキューレ絡みの問題」

「しかし、なんだって昨夜のことを気にする？　半日で営倉から釈放だ。大ごとにせずに済ませようって上の判断、それをどうして掘り起こすんだ？」

「……涙の、跡が」

伊達男の問いかけに、ルサルカは自分の頰に触れて呟《つぶや》いた。その呟きを聞いて、男が

「うん？」と眉を顰《ひそ》めた。その、眉間の皺《しわ》を真っ向から睨みつけ、

「な、泣き喚いていたと、周りに言われまして」

「……あー、なんだ。別に、泣いても美人だったぞ？」

「ですが、私は十九歳……もうすぐ、二十歳です。職業軍人です。それが人前で」

あまつさえ、自分のしでかした罪に怯えて泣きじゃくるなど、あってはならない。

そんな自戒を込めたルサルカの言葉に、男は「なるほど」と片目をつむった。一瞬、続く男の言葉を警戒し、ルサルカは身を硬くする。

しかし、男が続けたのは意固地なルサルカをからかう言葉ではなかった。

「泣きたいとき、泣く自由がないのは軍人の常か。腹立たしいことだが、それは確かに一つの真実を突いてる。なら、ワルキューレはどうだ？」

「え？」

涙の原因を突き止めにきたのだ。てっきりその動機をおちょくられるかと覚悟していた。

だが、男はその動機自体には一切触れず、そんな問いを投げかけてくる。

一拍、短い間だが真剣に考える。

男がそうしたのだから、ルサルカもそうする。

そして――、

「今のワルキューレは、適性で選ばれたサード世代が主役だ。あの子らは軍人じゃなく、

戦乙女……なら、泣く自由はあるんじゃないか？」

「だとしても、私は違います。私は、セカンド世代の――」

「――ワルキューレ」

断定する伊達男の言葉に、ルサルカは息を詰まらせた。

それと同時に、男が言ってくれていなければ、自分がそう発言していたとも気付く。これまで何度も、誰に対しても、そうではないと否定してきたくせに。

もはや、ワルキューレと名乗る資格なんてなくしたと自分を定義したくせに。

と、そんな感慨にルサルカが奥歯を強く噛みしめたときだ。

「――私は、ワルキューレです」

不意打ちのような一声が、焦燥に彩られるルサルカの意識に待ったをかけた。

息を止め、正面を見る。伊達男は変わらぬ様子でルサルカを見つめ、唇を動かした。

そして、今一度繰り返す。

「――私は、ワルキューレです」

相手の意図が摑《つか》めず、ルサルカは伊達男の前で眉を顰めた。不愉快な感覚。その根っこの部分がわからないのは、彼の真意がわからないから。

「……何の、つもりですか？」

だから、その答えを、男の真意を求めてルサルカは問いを投げかけた。その、縋《すが》るようなルサルカの問いかけに対して、伊達男の返答は単純明快なものだ。

「昨日の夜、お前さんが泣きながら暴れたときに言ってた言葉さ」

「――っ」

そんなはずがない、と言葉は出なかった。

記憶がないのだ。否定の根拠がない。

――否、根拠はある。この、痛む胸が証拠だ。

この胸の痛みが、消えない慙愧《ざんき》がある限り、魂が砕けてもそんなことは言えない。

言ってはならない、はずなのだから。

「あなたは……」

苦し紛れに震える声で、いったい何を聞こうとしていたのか。

それはルサルカ自身もわからない。そして、その答えは誰にもわからなくなる。

ルサルカの質問が形になる前に、事態が動く――、

「――――」

――突如として、基地全体に響き渡る緊急警報。

「これは、まさか……!?」

もう、何度聞いたか思い出せないほどに聞いた緊急警報、人間の本能に警鐘を鳴らし、
緊張と警戒を強制するサイレン、その意味は明々白々。

——基地の索敵範囲に、ピラーが出現した報に他ならない。

「ですが、昨夜も撃退したばかりなのに！」

細く、嘆くような声が自分の喉から漏れたことにルサルカは気を払えない。

それぐらい、こうして立て続けにピラーが出現した事実は重いのだ。ピラーが撤退するのは、敵の総量としての活動力が底を尽きたから。連日の攻撃を受けると、その法則性が崩れる不安が生まれる。それは由々しき事態だ。

何より——、

「連戦に耐え得る戦力が、今の基地には……」

「エヴァレスカ!!」

「——っ」

昨夜の基地の消耗を思い、絶望の込み上げるルサルカを鋭い声が呼んだ。弾《はじ》かれたように振り返れば、ルサルカを呼んだのは金髪の伊達男だ。

鉄格子の中、男は青の瞳をかつてないほど真剣なものにして、

「ぐずぐずしているな、持ち場へいけ！」

「——。あなたは？」

「それは上官が判断する。お前にはお前にしかできないことがあるはずだ」

伊達男の声で正気に戻り、ルサルカはとっさに彼の処遇に迷った。だが、男はすでにそ

の先を見ている。自分の処遇など後回しに、ルサルカの背を使命感で殴る。

「ルサルカ・エヴァレスカ！　役目を果たせ！」

「――はい」

やけに営に入った男の指示を受け、ルサルカは営倉から飛び出した。鳴り響く警報、扉の外で声を張り上げている内務班の背中に、ルサルカも叫ぶ。

「持ち場へ向かいます！　彼を！」

出してやれ、とまでは言わない。

だが、問題を起こして営倉へ入られたものも、有事の際には解放されるのが暗黙の了解だ。空襲に巻き込まれ、営倉の中で死んでは死んでも死に切れない。何より、人手はいくらあっても足りはしないのだから。

「私も……」

内務班の青年が頷《うなず》くのも見届けず、ルサルカは自身の持ち場へ。

一瞬、足がどちらへ向かうか、判断に迷った。

ルサルカの今の所属は、司令部付きの戦術アドバイザー兼オペレーターだ。だから、当然だが持ち場は司令部ということになる。

ならば、どこへ向かうのと迷ったのか。――深紅のスピットファイアが脳裏を過《よぎ》る。

「――いえ」

だが、逡巡は一瞬、判断は刹那、結果は直後だ。

ルサルカの足は格納庫ではなく、司令部のある方角へ向く。当然の帰結だった。

軍隊は、それそのものが一個の生き物でなくてはならない。

頭には頭の、手足には手足の、臓器には臓器の役割がある。それが勝手な判断で別の仕事を始めれば、生命活動などおちおちやっていられない。

自分もまた、軍隊という組織の中に組み込まれた歯車の一つだ。歯車が果たすべき役割は、大過なく全体が動くように腐心すること。

そのために――、

「……アルマ、ナタリー」

食堂で別れた二人の名前を呟いて、彼女らの奮戦に祈りを捧ぐ。

まだ未熟なワルキューレだが、それでも彼女らがこのハンブルク基地の最高戦力だ。

幸い、昨日の戦いでも彼女たちの英霊機は一機も被弾していない。基地全体の戦力は消耗していても、肝心のワルキューレの損耗率がゼロなら十分に戦える。

「彼女たちなら、きっと……」

ルサルカと違い、正しい選択を勝ち得ることができるだろう。

縋《すが》るように考えながら、ルサルカはサイレンの鳴り響く基地の敷地を駆け抜ける。心を逸《はや》らせる警報に、基地中の人間が即座に自分の役割へ走る姿は壮観だ。

場違いだが、ルサルカにはその光景がいっそ美しくさえ見える。

やるべきを定めた人間の在り方は尊く、願いに向けてひた走る姿には魅せられる。軍人はルサルカにとって、そうした尊敬できる人々の集まりだった。

自分自身がそのレールから外れてしまったことも含め、そう思う。

「――？」

だから、そうした在り方が強く体に染みついているはずの軍人たちが足を止め、呆気《あっけ》に取られた顔を空に向けている姿はいやに目立った。

「――――」

何事かと、彼らの視線の向く方角へ振り向き、ルサルカは息を詰めた。

思わず、足の速度が緩んで、止まってしまう。

目が、離せなかった。――ハンブルク基地の東、街から数キロの位置に立ち上る光の柱。

それは、あって当然だ。ピラーの出現に、あの光の柱は必ずセットになる。

だが、その光の柱の中からゆっくりと現れる、桁違いに巨大な影は話が別だ。

一目で、それが常識で測れない存在であるとわかった。

そして、それが何と呼ばれているのか、ルサルカの唇が震えて、紡ぐ。

それは――、

「――セカンダリー・ピラー」

第三章　『そこに空があるから』

1

――ナタリー・チェイスは、自身が選ばれた存在であると確信している。

「――」

ロッカールームで飛行服に着替え、自分の赤い巻き毛を手早くまとめる。この瞬間も基地にはサイレンが鳴り響いており、各所が慌ただしく動いているのがわかった。

だからこそナタリーは深呼吸して、自分の赤毛に触れながら精神を落ち着かせる。

その一連の動作が、ナタリーが自身に課した条件付け――いわゆる、ルーティンと呼ばれる精神安定法の一種だ。

冷静な思考を損なえば、その分だけ十全なパフォーマンスが望めなくなる。ナタリーが手本とする存在は、常に冷静で的確な戦術判断で知られた人物だった。

その理想に恥じないよう、ナタリーは自分自身をそこへ近付けるべく努力する。このルーティンも、その努力の過程でナタリーが身に付けた武器だった。

「わたくしの英霊機を！」

格納庫へ駆け込むと、整備班が準備していた自分の英霊機へ飛び乗る。

シルバーカラーの機体は流星を思わせる美しさがあり、オーディンから直接この翼を授かったときには、思わず時を忘れて見惚《みほ》れたものだ。

昨夜もナタリーを乗せ、危険な空を飛んでくれた愛機。幸い、整備は良好。整備長のロジャー直々にボルトを締め直され、唸《うな》るエンジンは快哉《かいさい》を叫んでいる。

それはまるで、戦いの空へ上がることを歓喜しているかのように。

「だとしたら、わたくしと同じ気持ちですのね」

祖国のために戦えることは幸福なことだ。ましてや、ナタリーはこの欧州で生を受け、育てられ、この先もこの地で生きていく展望がある。

未来を自らの手で勝ち取る。その上で、選ばれたものとして使命を果たすのだ。

「ワルキューレ、ナタリー・チェイス。──飛びますわ」

飛翔の一声を上げ、ナタリーの英霊機が滑走路を走り、宙へ舞い上がる。そのナタリーの機体を追うように、続々と隊の仲間たちの機体も空へ発進した。

すでに空では、ナタリーたち以外の戦闘機──ワルキューレではない、只人《ただびと》のパイロットを乗せた新型機がピラーと銃火を交えている。彼らの狙いは敵の撃破ではなく、攪乱《かくらん》を中心とした遅滞戦闘。つまり、ワルキューレのためのお膳立てだ。

その彼らの奮戦のおかげで、ナタリーたちの初撃が間に合った。

「――――」

コクピットから見えるのは、彼方《かなた》に夕焼けを従える形で陣形を広げるピラーの群れだ。昨日戦った種類と同じく、昆虫の『ホタル』と酷似した外見をしている。

様々な形態を取り、定まった姿を持たないピラーたちだが、昆虫を模したピラーに共通しているのは強固な外殻だ。頑強な殻はワルキューレの攻撃さえ弾くため、的確に外殻の隙間や関節部分を狙い撃ちする必要があり、厄介な手合いだった。

「ですが、種が割れている以上、恐れるに足りません」

戦いのたびに、その戦い方や姿形を変えてくることがピラーの最も厄介な性質だ。

連日の戦いは欧州戦線にとっても大打撃だが、相手にとっても小細工を弄する時間を作れなかった分、準備不足はお互い様。

確かに、相手の方が数は多い。しかし、それだけだ。

「こちらワルツ1。――ワルツ2と3は右へ展開、ワルツ4はわたくしと左へ。敵を散らしますわ」

『――了解！』

「――。ワルツ4、聞いていますの？　ワルツ4……アルマさん！」

『聞いてる』

返事のない相手をせっつくと、いつも通りのローテンションな応答がある。

せめて返事ぐらいはしっかりしろと、ナタリーの胸を苛立《いらだ》ちが込み上げる。軍の命令は絶対、階級は正義だ。ただし、実力に見合った意識は必要だが。

そこを勘違いして居丈高にならないよう、ナタリーは己の心を落ち着かせる。

「アルマさん、あなたがわたくしを嫌いでも、わたくしは隊長です。指示には従ってください。輪を乱す行動も言語道断ですわ」

『嫌ってない。別に』

その返事が意外で、ナタリーは一瞬、返答に詰まる。

と、その間隙に滑り込むように『それと』とアルマが続けて、

『ピラーの、光の柱の奥に何かいる』

「え？」

その言葉に眉を上げ、ナタリーは戦場の後方――都市の東部、数キロの位置に見える光の柱に目をやった。

――ピラーの名が示す通り、その不明存在は光の柱と共に出現する。

大抵の場合、光の柱は唐突に大地から突き立つと、その光の内側から無数のピラーを排出し、戦闘が終わるまで延々と傍観し続けている。

光の柱は物理攻撃を受け付けず、超威力の爆弾を使っても吹き飛ばせない。

その不可侵存在たる光の柱は、戦闘が一定時間経過し、ピラーたちが消滅する活動限界を迎えると、消えるピラーたちと同じように消滅するのだ。

故に、戦いが始まってしまえば、攻撃能力のない光の柱は意識の外に追いやられることが多い。実際、今回のナタリーもそうだった。

だから――、

「――ぁ」

目を凝らし、アルマの言葉の真偽を確かめようとして、掠《かす》れた息がこぼれる。

おそらく、戦場にいる多くの将兵が同じ光景を目にして愕然《がくぜん》としていただろう。

そのぐらい、それは全員の意識を強く強く灼《や》いていった。

「――――」

ゆっくりと、禍々《まがまが》しく聳《そび》え立つ光の柱から巨大な影が現れる。

それは、金属のような光沢を湛《たた》え、緑色の外殻を纏《まと》った生き物だ。関節の多い腕の先端は鋭く、命を弄ぶ大鎌と化していて、それが左右五対、胴体から生えている。

ぎょろぎょろとした真っ赤な複眼と、感情の存在しない異形の顔貌《かおかたち》――ナタリーの全身が怖気《おぞけ》に震えたのは、彼女が臆病だからではない。

その生物が、このようなサイズ感で存在するなど想像の外の出来事だからだ。

「これは……」

震える自分の声を聞きながら、ナタリーはその敵の全景を視界に収め、息を呑む。

ナタリーの目には、それが昆虫の『カマキリ』によく似て見えた。

無論、それは印象やイメージのレベルの話だ。本来、カマキリには十本もの腕は存在しないし、そもそもサイズ感が出鱈目《でたらめ》すぎる。

大きい。大きすぎるのだ。全長五十メートルはあるだろう巨体は、都市を守るために築かれた防壁を易々《やすやす》と跨《また》ぐほどに大きい。

そして、巨大なピラーの存在は、ただそれだけで途轍《とてつ》もない意味を持つ。

「──セカンダリー・ピラー」

ナタリーの唇が、絶望的な単語を紡ぐ。

通常、ナタリーたちが銃火を交えるピラーは、『ターシャリ・ピラー』と呼ばれる小型のピラーだ。大きさはせいぜい、こちらの戦闘機と同等で、飛行速度や旋回性能などと比較すれば、通常兵器の通じない点を除けばジェット機の敵ではない。

ターシャリ・ピラーの脅威は物量と、通常兵器の通用しない防護性能。それはサード世代のワルキューレの台頭により、対抗可能な脅威へと変わっていった。

戦いの流れは変わる。人類は、この侵略戦争に打ち勝つ希望を手に入れたのだ。

──その希望を、人類最強の翼と共に打ち砕いたのが『セカンダリー・ピラー』。

ターシャリ・ピラーの数十倍の火力と耐久力を備え、圧倒的な脅威となって破滅をばらまく侵略者の本命。――人類の翼をもいだ、憎むべき敵。

ファースト・ワルキューレが死に物狂いで相打ちに持ち込み、撃破した記録が一つ。

世界で唯一、一度しか落とされていない本物の強敵、全てのワルキューレたちの仇《かたき》。

――ここに、戦乙女《いくさおとめ》戦史に残る戦い、『ハンブルク基地攻防戦』が幕を開けた。

2

モニターに表示された圧倒的存在感を前に、司令部の誰もが言葉を失っていた。

「――――」

司令部の前面にある巨大モニターには、都市の東部に現出した光の柱と、その内部からゆっくりと現れる巨大な存在――セカンダリー・ピラーが映し出されている。

禍々しいその偉容は昆虫のカマキリに酷似したデザインで、不気味な複眼の輝きが人類の生存圏を睥睨《へいげい》、本能が危機感に警鐘を鳴らし続ける。

ピラーの形状は千差万別だが、そのデザインは必ず地球上の生物を模している。まるで人類を嘲笑《あざわら》うように。あるいは、地球上の全ての命は我が物と、侵略者であるピラーが人類に対して傲慢に主張するように、だ。

「敵、ターシャリ・ピラー展開！　これは……」

画面上、色分けされた光点を見やり、通信士の一人が息を呑む。

戦場を俯瞰《ふかん》したモニターの中、敵を示す赤い光点で画面は真っ赤に染まっている。セカンダリー・ピラーを中心に展開したターシャリ・ピラーが、昨夜の攻勢に倍する勢いで基地と都市を取り囲み、圧倒的物量を発揮していた。

連戦の影響が残るところへセカンダリー・ピラーを投入し、総攻撃でこちらの退路を完全に封じる。単純だが、効果的な力押しだ。

――否、これは本当に力押しなのか。これは、戦術ではないのか。

「――――」

司令部の頭脳を過《よぎ》ったその考えは、仮に事実だとしたら途轍もないことだ。

これまで、知的生命体らしい行動を一切見せてこなかったのがピラーだ。故に、人類は劣勢を戦術で、戦略で、かろうじて拮抗《きっこう》状態へ持ち込むことができていた。

その前提が崩れ、ピラーが描くとも戦術を駆使し始めたら、人類はどうなる。

ただでさえ、セカンダリー・ピラーの出現に全軍が動揺している状態だ。

そんな状況下で、敵が満を持して戦術を披露してきたとしたら。対抗する術《すべ》を持たないハンブルク基地は、欧州戦線の生命線であり、人類の決死の砦《とりで》は――、

「――狼狽《うろた》えるな！」

その瞬間、響き渡った厳《いか》つい怒声に、硬直していた司令部の空気が砕かれる。

見れば、司令部の中心、基地司令が仁王立ちしていた。

おそらく、彼自身も警報を聞いて全力で駆けつけてきたのだろう。だが、その焦りを窺《うかが》わせない声色と態度のまま、司令は部屋の全員の顔を見渡した。

「狼狽えるな、諸君。我々が揺らげば、そのことが全軍に伝わる」

「――――」

司令のその一言で、司令部の空気が一気に変わる。

状況が絶望的であれば絶望的であるほどに、指揮官は冷静になれなくてはならない。それは指揮官の手足となり、言葉を伝えるオペレーターも同じことだ。

『声で美人だってわかるとやる気が出る、ってのは存外冗談でもない。オペレーターの声が悲観してたら、聞く方だって気が滅入《めい》るだろ？』

昨夜の戦いで、戦場に穴が開くのを自らの命で塞いだ歩兵隊長の声が蘇《よみがえ》る。

彼らを担当していたオペレーターは別の人間だ。しかし、新米をサポートする必要のあった彼女――ミシェルは、その会話を聞いていた。

ひどく残酷で、深い愛情しかなかった告白だったとミシェルは思う。

その言葉を聞いた新米の心中を思えば、どれほどの痛苦があったことか。——一瞬、視線が空っぽの座席へ向いて、すぐに益体のない思考として切り捨てた。

指揮官が心を殺すなら、その手足に心が宿るのは筋違い。ミシェルは心を殺して、氷のように冷たく、役割に徹することを選ぶ。

司令部の混乱と動揺が、通信の向こうにいる勇者たちに伝わらずに済むように。

この絶望の空を舞うように戦う、戦乙女たちに伝わらずに済むように。

「——第71第Ⅱ飛行隊、ならびにワルキューレ小隊、交戦開始！」

怯えと混乱を一切感じさせないミシェルの声が、戦いの開始を力強く告げた。

3

——鋭く旋回し、放たれる光弾を翼を掠めるようにして回避する。

近接戦を挑み、相手の攻撃をスレスレで避ける。語弊を恐れず言えば、ナタリーはこの戦い方を好んでいる。決してスリルを楽しんでいるわけではない。

こうして、敵の注意を自分に引きつけた分だけ、味方の危険を減らせるからだ。

「視界が狭くなればなるほど、流れ弾の危険性も減りますもの」

自機に注意を集め、敵の攻撃を空へ誘導する。

ナタリーの英霊機を狙った光弾は外れ、夕空の彼方へ呑《の》まれて消える。そんな回避を十数体のピラーを相手に連続し、隙間を掻《か》い潜った。

機銃が唸《うな》り、爆風が上がる。ターシャリが三体、光の粒子となって消滅する。

それを目の端に捉えながら、ナタリーは気を緩めずに戦闘を続ける。襲いくる光弾へ自ら突っ込み、再び、自分を釣り餌に敵陣の真っ只中《ただなか》へ飛び込んだ。

ピラーの放つ不可思議な光弾、その特性はいまだに解明されていないが、それが高密度のエネルギー体であることはわかっている。

被弾すれば物質的な破壊があり、銃火の直撃と変わらない結果をもたらすことも。

故に、必然の結果として流れ弾は発生する。放たれた光弾をナタリーが回避しても、飛んでいく光弾が地上に落ちれば相応の被害が発生するのだ。

ワルキューレとして、ナタリーは人類の希望を一身に背負っている自覚がある。そんな自分たちに求められるのは、希望としての役割の完璧な遂行。

すなわち、パーフェクト・ゲームだ。

そのためにも――、

「――さあさ、ついていらっしゃいませ！」

敵中で急旋回を繰り返し、合間をすり抜けるナタリーへと敵の矛先が向く。急旋回したナタリーを追って、十数体のターシャリが一気に速度を上げた。

感情の見えない不気味な複眼が一斉にナタリーに向けられ、広大な空を戦闘機に匹敵する速度で追い縋《すが》ってくるのは悪夢の光景だ。

だが、これを悪夢と呼ぶのなら、人類はもう長いこと悪夢を見続けている。

その悪夢を終わらせるべく、ナタリーたちが死力を尽くさなくてはならない。

「──っ」

血が滲《にじ》むほどに歯を噛《か》みしめる。優雅ではない。握りしめた操縦桿《そうじゅうかん》を強く傾け、急加速する機体が螺旋《らせん》軌道を描いて、空へ一気に上昇する。

激しく機体が軋《きし》み、シートに縛り付けられる体が押し潰される感覚。内臓が絞られる痛苦に耐えながら、ナタリーの琥珀色《こはくいろ》の瞳が月を望んだ。

そして──、

「──アルマさん!」

『うるさい』

すげない返事と同時に、満月の中に黒点が生じる。

刹那、ナタリーの英霊機が常軌を逸した減速を起こし、弾《はじ》かれるように横にズレた。それを追走するターシャリたちは、その極端な機動に追いつけない。

常外の存在たるピラーであろうと、物理法則を超越したわけではないのだ。

──その、十数体のピラーの鼻面へ、真っ直ぐに黒い『死』が落ちてくる。

ゆっくりと迫るその漆黒を、夜空を仰ぐピラーはなんと受け止めたのか。ピラーに思考する意識があるか不明な以上、その疑問は不毛なものだ。

ただ、結果はシンプルだ。

——夜が明けたかと勘違いするほど、壮烈な爆炎が黒雲を焼き尽くした。

響き渡る爆音は、鼓膜がこの世の終わりを錯覚するほど凄まじく、広がる赤々とした炎は十数体——否、それ以上のピラーを巻き込み、消滅させる威力を発揮した。

「相変わらず、馬鹿げた威力ですわね……」

その戦果に、ナタリーの頬が感心と呆《あき》れで複雑に歪《ゆが》む。

——ワルキューレの英霊機はいずれも、大戦時のプロペラ機の姿を取っている。

そこには人々の信仰や、歴史の重みが深く関わっているとのことだが、詳しくは解き明かされていない。ともあれ、そうした旧時代の勇者である英霊機だが、各ワルキューレごとに異なる機体が選ばれるという特徴がある。

例えば、ナタリーの英霊機は『スピットファイア』と呼ばれる機体の姿を借りている。

実際の性能は比べるべくもないが、機体の特徴は完全に一致していた。

整備と修理の方法もわからない、未知のテクノロジーを渡されるよりずっといい。それが欧州軍、ひいては人類全体の納得の置き所であった。

主神の話では、英霊機のモデルは主人となるワルキューレの適性を反映するらしい。

故に、ワルキューレ小隊と言えど、その編制においてそれぞれの機体はバラバラであることが多く、統一感というものが全くない。

だが、だからこそ、こうした奇妙な役割分担と、戦術が成立する。

高速機動で敵を掻《か》き乱し、舞い踊るように敵を刺すナタリーの『スピットファイア』。

鈍重ながら、圧倒的殲滅《せんめつ》力で敵を鏖殺《おうさつ》するアルマの爆撃機『ランカスター』。

この二機の戦闘力が、ナタリー率いるワルキューレ小隊の戦闘の中核だった。

無論、小隊を構成する戦乙女はナタリーとアルマの二人だけではない。この二機の戦闘力を十全に活《い》かすために、戦場を整備するのが他の隊員たちの役回りだ。

ワルキューレではない、抜き身の飛行隊と協力し、ピラーの毒牙が無辜《むこ》の民へ、人々の故郷へ向かないよう、懸命に抗《あらが》い、時間を作る。

そして、彼女たちが命懸けで稼いだ時間を使い、敵を殲滅する。

「お見事ですわ。次へ仕掛けますわよ」

『危ない、調子に乗ると。それに』

「それに？」

『不気味、動かないアレが』

主語の明確でないアルマの発言だが、その不鮮明さが逆に対象を明確にする。

遠く、禍々《まがまが》しく聳《そび》え立つ光の柱の傍ら、セカンダリー・ピラーが不気味に佇《たたず》んでいる。

その挙動は緩慢——否、微動だにしていない。

「——いったい、何を考えていますの」

これまで、ピラー相手に何百回と抱いた疑問がナタリーの唇からこぼれる。

いったい、ピラーは何を考えているのか。

しかし、多くは広義の意味で用いられてきた疑問の言葉を、この瞬間、ナタリーは狭義の意味で用いる。

あのセカンダリの不気味な静観は、いったい何を意味しているのかと。

「——」

戦場を見れば、戦いの勢いは欧州軍の優勢にある。

ナタリーたちの小隊の奮戦はもちろんだが、戦う術を持たない飛行隊がよく持ちこたえてくれている。昨夜の戦いを生き延びたことが、彼らの技量を飛躍的に伸ばしたのかもしれない、などと考えるのはいささか上から目線が過ぎるか。

歩兵隊の奮戦も目覚ましく、通信を聞く限り市民の避難も順調だ。

何もかもが順調、突発的な戦闘はこちらの優位に進められている。

そうした事実の何もかもが、あのセカンダリの不気味な存在感に陰らされるのだ。

ただそこにいるだけで、全ての幸運が吹き飛んでしまうように感じる。

セカンダリー・ピラーの持つ存在感とは、それほどまでに顕著な脅威なのだった。

「せめて、交戦許可が下りれば……」

口内の渇きを感じながら、ナタリーは短くそう呟《つぶや》く。

現状、セカンダリー・ピラーに対する司令部からの指示は『静観』の一択だ。

敵は動かず、攻撃も仕掛けてこない。そして、通常兵器が通じない以上、セカンダリと火戦を交えるのはナタリーたちワルキューレの役目となる。

それは裏を返せば、ナタリーたち以外に敵を刺激する要因がないことを意味する。

それ故に、司令部はナタリーたちにセカンダリへの攻撃を禁止し、ターシャリの数を減らして敵戦力を削《そ》ぐことを優先するよう命令してきた。

実際、その判断は間違ってはいない。

動かないセカンダリより、激しい攻撃を繰り出すターシャリの方が人的被害をもたらしているのは火を見るより明らかだ。

それがわかっているから、ナタリーも司令部の指示に従い、敵を減らしている。

しかし――、

「――この、嫌な胸騒ぎは」

『同感』

滅多《めった》に意見の合わないアルマが、ナタリーの本心に賛同した。

通信越しに、他の隊員たちからも不安の声が聞こえてくる。それは、順調に敵の数を減らし、戦況を有利にしている側の心境ではなかった。

あるいはこれが、ワルキューレにしか感じ取れない不安だとしたら。

だとしたら、真の意味で迫る絶望に気付けているのは、自分たちだけなのでは。

「ですが――」

敵へ迫り、銃火を唸らせ、雲間を華麗に縫って空を舞い踊る。

そうしながら、ナタリーは祈るような心地で、意識を後方の司令部へと向けた。


――ワルキューレだけが気付くならきっと、と。そう願うように。

4

会敵直後から姿を見せているセカンダリー・ピラーは、今もなお動かない。

「――――」

その偉容の現出でこちらの度肝を抜いて以来、敵に目立った動きは皆無だった。

無論、セカンダリー・ピラー以外のターシャリ・ピラーは通常通りの動きをしており、それらの撃退に際し、ワルキューレ隊の奮戦は目覚ましい。

だが、不気味な沈黙を守るセカンダリの存在は、戦場に大きな不安を残していた。

「何を考えている……？」

己の口元に手を当て、司令は周囲に聞こえない声量で疑問を呈する。

ワルキューレ隊を始めとした将兵の奮戦で、戦況は欧州軍の圧倒的優勢だ。だが、このままでは終わるまいと、戦場にいる全ての人間が抱いている懸念、それの総量に匹敵する重みが司令の両肩に圧し掛かっている。

「――っ」

奥歯を噛みしめ、司令は二つの選択に頭を悩ませる。

現状を鑑みれば、セカンダリに対して攻撃を禁じたのは正解だった。敵は動かず、ターシャリの処理に戦力を集中し、被害は最小限に食い止められている。

しかし、このままセカンダリを放置しておくことができないのも、事実。

――セカンダリの撃破は、この戦闘の作戦目標ではない。

その点を重視すれば、このまま専守防衛に努め、敵が消えるまでの時間を確保する方が合理的だ。無難は賢明さの裏返し、勇気を蛮勇と履き違えては不幸を招く。

だとしても――、

「――セカンダリー・ピラーへの、攻撃を開始する」

「――――」

司令の下した決断に、司令部を静かな激震が襲った。

それぞれの作業する手が一瞬止まり、戦いの最中とは思えない静寂が司令部を包む。そして、部下たちの注目を一身に集めながら、司令は深々と頷《うなず》くと、

「聞いての通りだ。全軍に通達。――これより、セカンダリー・ピラーを攻撃する」

司令の命令に、司令部の幾人かが言葉を呑み込む。

彼らも当然、このまま時間稼ぎを続け、敵の活動限界まで粘ることが最も無難な作戦であると理解していた。そんな無難な選択など、この数分の間に司令が血を吐くほどに検討し尽くしただろうことも。

故に、反論はない。

刹那の停滞のあと、司令の決断に敬意を表し、即座に攻撃のための準備を始める。

「――――」

一つ、大きな決断を下した司令は眉間を揉《も》み、息を吐く。

このハンブルク基地は欧州軍の要所、つまりは人類の急所の一つに他ならない。その重要拠点を任されるものとして、この判断で正しかったのか、疑問は常に心を苛《さいな》む。

だが、すでに賽《さい》は投げられたのだ。――あとは、正しい目が出るように臨むのみ。

「ワルキューレ小隊へ通達、目標、セカンダリー・ピラー」

オペレーターからワルキューレ隊へ、セカンダリー・ピラーへの攻撃が通達される。

おそらく、この戦場で最もあの不明存在への感情を募らせていたのが彼女たちだ。この

命令を聞いて、彼女たちが喜ぶのか、不服と思うか、それはわからない。

軍人であれば、命令に逆らうことなどありえない。だが、彼女たちは別だ。

命令が何のためにあるのか、それすら知らない彼女たちに頼るしかなく――、

「――ぁ」

ふと、誰かのこぼした掠《かす》れた吐息に司令は気付いた。

そちらへ目をやり、司令は微《かす》かに濁った瞳を細める。声を漏らしたのは、モニター画面越しにセカンダリー・ピラーを解析していた分析官だった。

分析官は画面のピラーを見つめながら、その青い瞳を見開いて呟く。

「司令、セカンダリー・ピラーに動きが……」

あった、と分析官は続けようとしたのだろう。

だが、その言葉は続けられなかった。何故なら――、

――次の瞬間、凄《すさ》まじい衝撃が司令部を、軍の心臓を呑《の》み込んでいったからだ。

5

「な……っ」

背後、ハンブルク基地の中央から立ち上る黒煙に、ナタリーの喉が凍り付いた。

何が起きたのか。――否、起きた出来事自体はシンプルだ。

軍の、司令部が敵の攻撃を受けた。本来、決して被害があってはならない場所に痛撃を加えられたのだ。しかし、その攻撃方法がおかしい。

ターシャリ・ピラーはナタリーたちが、飛行隊が押さえていた。だから、その攻撃が、ましてや流れ弾が司令部へ届いたわけではない。

司令部へ届いたのは、セカンダリー・ピラーの大鎌だった。

「――――」

絶句して、ナタリーは常外の出来事に思考を奪われる。

現出以来、光の柱の傍らで微動だにしなかったセカンダリー・ピラー。そのセカンダリに動きがあったと、そう通信が入った直後のことだった。

セカンダリは、最初に出現した位置から動いていない。ただ、五対十本の大鎌、そのうちの一つを振り上げ、振り下ろした。それだけだ。

その大鎌が、届くはずのない距離を省略して、司令部を大破させていた。

それはあまりにも、常識の埒外《らちがい》の出来事で。

『ナタリー』

思考の停滞したナタリーを、アルマの声が現実に引き戻した。こんな状況でも抑揚のないアルマの声、そのおかげでナタリーも止めた呼吸を思い出すことができた。

『混乱してる、司令部がやられて。どうする？』

「どうする……」

『小隊長は、ナタリー』

ここへきて、その立場の重みがぐっと増したことにナタリーは息を詰める。

司令部と繋がっていた通信の回復はなく、上からの指示を望むのは絶望的だ。一瞬、司令部にいるはずの人物、その安否が気遣われたが、ナタリーは首を横に振った。

弱音や泣き言は厳禁、今のナタリーの立場には許されない。

上からの指示がないならば、現場判断が優先される。

すなわち、ナタリーの判断が、この場で最優先される判断だ。

「――セカンダリー・ピラーを攻撃します。これ以上、わたくしたちの頭を通り越して、被害など出させてはなりません」

『了解』

ナタリーの指示に、アルマが即座に頷く。普段は聞く耳を持たないくせに、こうしたときだけ聞き分けがいいのが腹立たしい。

それが頼もしいと、そう思ってしまう自分にも。

故に、他のワルキューレからの返事を受けながら、ナタリーはセカンダリへ向けて操《そう》縦桿《じゅうかん》を傾け、英霊機の銃口を真っ直ぐ、カマキリの複眼へ突き付けた。

途端、敵意を感じ取ったのか、セカンダリの頭部がナタリーたちの方へ向く。目障りな戦乙女を捉える複眼が赤々と輝いて、五対の大鎌が轟然《ごうぜん》と唸《うな》りを上げた。

体長五十メートルに迫るピラーの大鎌は、それこそクレーン車のクレーンが縦横無尽に荒れ狂っているのに等しい。掠めるだけで機体が大破するような一撃が振るわれ、かつてない光景へ飛び込むナタリーの全身が総毛立つ。

近接戦は望むところだと、ナタリーの集中力が研ぎ澄まされる。英霊機の隅々まで、自分の神経と連結したように血の通った錯覚があった。

それを頼りに、大鎌の一撃を回避、回避、回避、掻《か》い潜る。

そして――、

「ファイア!!」

唸りを上げ、ピラーの鼻先で眩《まばゆ》く砲火が炸裂《さくれつ》する。渾身《こんしん》の一撃。だが、ナタリーの英霊機の火力は高い方ではない。この一発で、セカンダリの巨体を倒すには至れない。

しかし、蟻の一穴が堤防を崩すこともある。ダメージを、蓄積させる。

そうしたナタリーの狙いは――、

「は？」

ナタリーの視界、ピラーの緑色に光る外殻を打ち砕くはずだった銃弾が消える。それは弾かれたり、防がれたのではない。文字通り、消失していた。

そして、何があったのかとナタリーが目を見開くのと、

『――あっ！』

『シャノン⁉』

通信越しに、仲間の悲鳴が聞こえたのは同時だった。

悲鳴の発信源は、ナタリーの後方を飛んでいた同じ部隊のワルキューレだ。彼女の英霊機が火を噴き、翼が大きく揺らいでいるのがわかる。

被弾したか、あるいはセカンダリの鎌に掠められたかと思われたが、そうではない。何故なら、彼女の英霊機が受けた傷は、紛れもなく銃火によるものだったからだ。

「まさか……」

その弾痕を見て、ナタリーのうなじを冷や汗が伝った。

直前の司令部への攻撃と、今しがた味方に起きた現象。

味方の英霊機を傷付けたのは、ナタリーの放った攻撃だ。セカンダリへ向けて放った弾丸は行方をくらまし、次の瞬間、味方の英霊機を穿《うが》っていた。

つまり、このセカンダリー・ピラーは――、

「攻撃の位相を、ずらしていますの⁉」

起きた現象から推測される事実に、ナタリーの声が細く裏返った。

そのナタリーの驚愕《きょうがく》と戦慄を肯定するように、セカンダリが大鎌を振り上げた。コクピット内で身構えるナタリー、しかし、意味がない。

大鎌の狙いは数キロ先の基地だ。鎌が振り下ろされ、再び、黒煙が上がる。

「――――」

もはや間違いない。

このセカンダリー・ピラーには、空間を捻《ね》じ曲げる力が備わっている。

――その目撃例自体が少ないセカンダリー・ピラーだが、奴らはターシャリの数百倍の巨軀《きょく》を持つだけでなく、例外なく特殊な異能を備えているとされる。

その異能は姿形と同じで様々、このセカンダリー・ピラーの異能は空間の歪曲《わいきょく》。――それにより、大鎌の先端を司令部へ伸ばし、ナタリーの攻撃で同士討ちを起こさせた。

これが何を意味するのかと言えば、

「こちらの攻撃は届かず、あちらの攻撃は防備を素通りする……？」

そんな馬鹿げたルールの成立を許せば、戦いはワンサイドゲームにしかならない。だが事実として、形勢は一方的に不利へ傾きつつある。

そして何より、ナタリーは最大の問題に気付いて声を高くした。

「アルマさん！　あなたは攻撃なさらないで！」

『――――』

「敵は空間を捻じ曲げています。あなたのグランドスラムを街へ落とされては……」

アルマの一発が、セカンダリ以上の火力で基地と街を焼き尽くしかねない。

扱いづらいが、平時にあっては最強の火力であるアルマ。彼女のランカスターの広域殲《せん》滅《めつ》力はワルキューレ随一だが、それがこの場では仇《あだ》になる。

虎の子の一発を封じられ、いよいよ困難を極めるセカンダリー・ピラーの撃破。

『ナタリー、どうする？』

今一度、アルマからの問いかけがあるが、ナタリーは答えられない。

「――――」

攻撃が通らない以上、撤退さえ視野に入れて動くべきだ。が、攻撃を受けた基地に帰還すべきなのか、被害はどの程度なのか、一切がわからない。それ以前に、ナタリーたちが退けばピラーの猛攻が再開し、どのみち全員が共倒れだ。

故に、ピラーを倒せなかったとしても――、

「わたくしたち以外に、アレの相手を続けられる方々がいません。ですから……」

『時間稼ぎ、撤退までの？』

「――ええ」

その方向で進んでいるのかさえ曖昧なまま、ナタリーは自身の判断に顎を引く。

胸の奥、心臓が決断に痛むのがわかる。これが、決断するものの重責だ。その痛みに耐

えながら、ナタリーは唇を嚙《か》み、セカンダリを睨《にら》みつける。

無感情に見える複眼から、少しでも敵の狙いを読み取らんとして、

『――リー・チェイス』

「――っ、通信⁉　回復したんですの⁉」

飛び込もうとした瞬間、無線機から雑音以外の音が漏れ聞こえた。それに意識を飛びつかせ、ナタリーは藁《わら》にも縋《すが》る気分で目を輝かせる。

「こちら、ワルキューレ隊、ワルツ１！　応答を！　司令部ですの⁉」

通信機の向こう、頼りになる基地司令の姿を思い浮かべ、ナタリーが声を飛ばす。すると一瞬、無線から沈黙の反応があり、

『いいや、違う。司令部は壊滅、ログレブ司令は戦死された』

「――――」

無情の通告に、ナタリーは呼吸を忘れる。

司令の戦死、その報告にナタリーの張り詰めた緊張の糸が切れかけた。そのまま、気丈に堪えていた感情が決壊し、戦意がひび割れそうになり――、

『――よって、今から俺が指揮を引き継ぐ。命令に従え、ワルツ１』

その感情の崩壊を、続く通信の言葉がかろうじて引き止めた。

「あ、あなたは……」

『俺かい？　俺はアレハンドロ。──アレハンドロ・オストレイ』

「──」

それは低く、自信の漲《みなぎ》った男の声だった。

その返答にナタリーが息を呑むのは、彼の声の覇気に気圧《けお》されたから、だけではない。

彼の名前に聞き覚えがあったからだ。

──アレハンドロ・オストレイ。

その名前をどこで聞いたのかと言えば──、

「『ラミアの奇跡』の立役者！　英雄指揮官！」

『その呼び名は好きじゃないんだが……』

思わず声を高くしたナタリーに、通信機越しにアレハンドロが苦笑する。しかし、男はすぐに『だがな』と言葉を続けて、

『その名前が役立つんなら、堂々と背負おうじゃないか。──さあ、反撃開始だ』

アレハンドロが力強く呟《つぶや》くのと、無線のノイズが晴れるのは同時だった。

そのまま、指揮を引き継いだアレハンドロの声が全軍へ伝わる。司令部への攻撃と通信の混乱により、指揮系統が崩壊しかけた全軍が、その男の声に耳を傾けた。

『全軍、俺の声が聞こえるか。俺はアレハンドロ・オストレイ、指揮を引き継ぐ。ログレブ司令は戦死された。繰り返す、ログレブ司令は戦死された！』

自ら名乗るのと、司令の訃報が同時にアレハンドロから語られる。

指揮官の戦死を知れば、士気の低下は免れない。場合によっては戦線の構築が困難となり、そのまま全軍が崩壊することだってあり得る。だが、さらなる指揮系統の混乱を避けるために、アレハンドロは事実の共有を優先した。

その上で、浮足立ちかねない将兵たちへ、アレハンドロは続ける。

『状況は悪い。敵は強い。こちらの戦力は削られる一方だ。だから、奇跡がいる』

「……奇跡」

アレハンドロの言葉に、ナタリーは短く口内で呟いた。

勝利に必要とされる奇跡、それは本来なら指揮官が口にするなど噴飯ものの暴言だ。だが、軍人は信心深い。良くも悪くも、彼らは神話を信じている。

それは正しい意味での信仰心や、神々への畏敬の念の話ではない。ジンクスやおまじないといった、気休めに近いものだ。

その信心深い軍人たちへと、アレハンドロが奇跡が必要だと言ってのけた。

『ラミアの奇跡』を成立させた稀代《きたい》の英雄、軍における奇跡の代名詞。――アレハンドロ・オストレイが、奇跡がいると断言したのだ。

それは――、

『――奇跡なら、俺が起こしてやる』

その、何の根拠もない一言がもたらした力は、いったい何と呼ぶべきなのか。

セカンダリー・ピラーが有する異能でも、ワルキューレとしての素質を開花させるオーディンの力とも異なる、人間にしか持ち得ない特別な力。

アレハンドロの言葉が、折れかけた全軍へと戦う力を与える。

それはナタリーたち、ワルキューレ隊も例外ではない。

「司令！　わたくしたちは……」

『状況はわかってる。相手の無敵のカラクリを解かにゃならん。その間、奴《やっこ》さんの注意を引き続ける。やれるな？』

「────」

やってくれるか、ではなく、やれるなとは言ってくれる。

少なくともこの物言い、ナタリーの戦意には火が付いた。

様々な、様々な思考を端へ寄せて、この瞬間の全力に、ナタリーは意識を注ぐ。

「ええ、お任せください。──ワルキューレ隊、やりますわよ！」

そう、はしたなくも声を強くして、ナタリーは仲間たちを率い、セカンダリー・ピラーの制空圏へと身を躍らせていく。

──ここに、やられっ放しであったハンブルク基地の反撃が始まった。

6

「――――」

半壊した司令部の中心、金髪の伊達男《だておとこ》――アレハンドロ・オストレイは腕を組む。

緊急避難的に引き継いだ指揮官職、臨時司令部とは名ばかりの残骸の山、敵はその脅威では並び立つもののいないセカンダリー・ピラー。

悪い条件ばかりが目につく。特に最後の一つ、セカンダリー・ピラーには、アレハンドロもずいぶんと煮え湯を飲まされた経験があった。

そのセカンダリー・ピラーと今一度ぶつかるなどと、悪い夢にも限度がある。

思わず、この世に神はいないのか、と運命を呪いたくなるほどだが――、

「だが、営倉の飯はうまかった。これで、不運と幸運は相殺だな」

そのアレハンドロの一言に、彼の周囲で忙《せわ》しなく動く部下たちが笑う。

不幸中の幸いというべきか、アレハンドロの直属の部下に欠員はいない。彼らの総大将が営倉にぶち込まれていたため、後方待機させられていたのが明暗を分けた。

緊急事態に際して、営倉から解放されたアレハンドロ。その彼の指示に、付き合いの長い下士官たちがよどみなく従う。司令を失った全軍の士気崩壊も防げた。ワルキューレたちの動きもいい。――前を向く要素は、十分にある。

「セ、セカンダリー・ピラー、は……」

「おっと、目が覚めたか。運がいいな、お前さん」

モニターを見つめ、戦況に集中していたアレハンドロが呻《うめ》き声に振り返る。その視線の先、体を起こして頭を振るのは黒髪の女性オペレーターだ。

攻撃を受けた司令部で、瓦礫《がれき》の下敷きになっていた生存者の一人である。彼女は苦しげに頬を歪《ゆが》めながら、半壊した司令部の様子を見回し、

「確か……そう、ピラーと交戦中に、セカンダリの動きが……」

「記憶も鮮明と。説明が省けて助かる。今も戦闘は続いている。本当なら、負傷者は外に連れ出してやりたいんだが……」

そこで言葉を切り、アレハンドロは渋い顔をして司令部の入口を見た。その視線につられ、女性も同じ方向に目をやる。

そこには、司令部と通路を繋ぐ何の変哲もない鉄扉が――、

「え？」

あるはずと、その認識を裏切られた女性が呆気《あっけ》に取られた声を漏らす。

彼女の目にも見えている。開かれた鉄扉の向こう、あるはずのない光景――鬱蒼《うっそう》と生い茂る緑と木々、薄暗い森が続いているのが。

当然だが、司令部と森が直結している事実などあるはずもない。

「どうやら、セカンダリー・ピラーのみょうちきりんな力の一端らしい。――空間が歪められていてな。今は、基地のどこがどこと繫《つな》がっているのか全くわからん」

「――――」

啞然《あぜん》となる女性に、無理もない反応だとアレハンドロは片目をつむる。

アレハンドロと部下たちが、こうして司令部に辿《たど》り着けたのも偶然が大きい。

空間が歪んだのは、営倉で部下たちと合流した直後だった。その後、いくつかの歪みを通り抜け、司令部へ到着することができたのは奇跡の産物だ。

そのおかげで、ログレブ司令の死に際に間に合うことができたのだから。

「――――」

ちらと、アレハンドロは司令室の端に並べられた戦死者の列を見る。

攻撃を受けた司令部で、生存者はおそらく二割に満たない。適当なものがなかったせいで、並べられた彼らには上着を被《かぶ》せてあるだけだ。

その戦死者の中に、ハンブルク基地の司令であったログレブ・バークレー少将もいる。

アレハンドロが司令部へ辿り着けた時点で、ログレブ司令は瀕死《ひんし》の状態だった。息も絶え絶えの彼は、アレハンドロに指揮権を託し、息を引き取った。

まるで、役目を託さなければ死ねないと、奇跡が命を繫ぎ止めていたかのように。

「いいや、奇跡なんかじゃないさ」

全てが偶然や幸運の産物、そんな風にアレハンドロは考えない。

決め手となるのが運命の気紛れや、時の運であることまでは否定しない。だが、最初の一歩を踏み出すのは、いつだって人の意志なのだ。

だから――、

「配置がめちゃくちゃになると指揮系統が揺らぐ。基地に詳しい人間が必要だ。傷を負っているのは承知の上だが、力を貸してくれ」

立て続けに状況を畳みかけられ、頬を硬くした女性にアレハンドロが呼びかける。女性はゆるゆると、その焦点をアレハンドロに合わせた。

「意識はある。頭ははっきりしているな？　自分の名前は」

「――ミシェル。ミシェル・ハイマンです」

望外に、はっきりした返答があってアレハンドロは頷いた。

「よし、ミシェル。お前の力を発揮してくれ。うちの連中は粗暴で困る。繊細な仕事ができる人間が必要不可欠だ」

「はい、わかりました。……今すぐに」

体の痛みを押して、立ち上がる女性――ミシェルが自分の持ち場へ向かった。その気丈な背中を見届け、アレハンドロは再びモニターに向き直る。

画面内、全軍の、特にワルキューレ隊の奮戦が目覚ましく、相当な苦境に陥ったはずの状況を何とか跳ね返そうと必死だ。

だが、依然として状況は悪い。その最大の要因が――、

「空間、位相のズレか。セカンダリー・ピラーも厄介な真似をしてくれる」

扉が、通路が、階段の上下が、本来の空間と繋がっていないのだ。まともな移動が不可能な状況下では、軍隊に必須の綿密な連携の取りようがない。

これで通信まで途絶していたら、欧州軍は為《な》す術《すべ》もなく壊滅していただろう。しかし、現状でも刻々とその瞬間は近付いている。

何とかして、風通しを正常化しなければならないが――、

「――大将！　基地の外から入電です！」

「この状況で外から？　わけがわからんな。だから、出よう！」

切迫した状況で不自然な出来事、普通はそれに直面すれば判断に迷いが生じる。だからアレハンドロは迷わず、その連絡を受けることにした。

「あー、こちら司令部。司令代理、アレハンドロだ。そちらさんは？」

『――――』

「――？　おい、こっちは忙しいんだ。用がないなら後回しにするぞ」

一瞬、通話の向こうが静かになって、アレハンドロは眉を顰《ひそ》めた。だが、ようやく繋がった連絡が切られてはたまらないと、相手の息を呑む気配があり、

『失礼しました。思わぬ声が聞こえて、少し動揺を』

「──その声は」

『──ルサルカ・エヴァレスカ大尉です。司令にお伝えしたいことが』

名乗った相手の顔と声と名前が一致して、アレハンドロは眉を上げた。それから、沈黙することで話の先を促す。

と、その意図を受け取り、通話の先で相手──ルサルカは続けた。

『敵、セカンダリー・ピラーのまやかしを攻略しました。アナログな手段ですが、地図のご用意をお願いします』

7

──時は、ルサルカがセカンダリー・ピラーを目撃した瞬間まで遡る。


「──セカンダリー・ピラー」

視界から受ける衝撃が全身を貫き、思わぬ忘我に足を止められた。

周囲、ルサルカ以外の軍人たちも、遠目に見えるその偉容に心を奪われている。

緑の外殻に覆われ、五対十本の大鎌を備えた異形、セカンダリー・ピラー。その存在感は圧となって押し寄せ、儚《はかな》い人間の心を容易《たやす》く押し潰さんとした。

それは例外なく、ルサルカの心とて同じことだ。――否、ルサルカにとっては、セカンダリー・ピラーの存在はそれ以上に大きい。

何故なら、人類の最悪の敵であるセカンダリー・ピラー、この存在こそが。

「エイミー……」

力なく紡がれたのは、ルサルカにとって後悔の象徴である少女の名前だった。

ファースト・ワルキューレ、人類の希望、『戦翼の日』の立役者。そして、人類初のセカンダリー・ピラー撃破を、自分の命と引き換えに成し遂げた英雄。

エイミーやセネアたちを死なせた存在こそが、セカンダリー・ピラーなのだ。

「――――」

何故、今ここでセカンダリー・ピラーが。

ルサルカの脳裏を、理不尽や不条理への嘆きと反感が埋め尽くす。だが、泣き言めいた訴えをいくら重ねても、目の前の現実は揺らがない。

いずれはあることと、わかっていたことだ。

サード・ワルキューレの台頭により、ターシャリ・ピラーとの戦いで人類が敗北することはなくなった。その代わりとばかりに、セカンダリの出現頻度は増える一方。――人類最大の激戦地、欧州戦線で奴らと出くわすのは時間の問題だった。

故に、これは必然の出会いだ。あとは、その必然に抗《あらが》いの心を持つだけ。

「私は……」

ぎゅっと、自分の豊かな胸に掌《てのひら》を押し付け、ルサルカは強く奥歯を噛《か》みしめた。そうして自分の心中、あの異形と戦うための勇気をかき集めようとして――、

『ルサルカ・エヴァレスカ！　役目を果たせ！』

「――っ」

直前、ルサルカの足を動かした叱咤《しった》が脳裏に蘇《よみがえ》り、呼吸を思い出した。

息を吸い、吐く。単純な深呼吸を一度、二度と重ねて、ルサルカの全身の緊張がゆっくりと解け、体が動き始めた。

その勢いに任せ、自分の足が再び止まる前にルサルカは司令室へ急ぐのを再開する。

男の声と命令と、そのどちらが自分に効果的だったのか、それは考えないようにして。

「すでに、交戦が始まっている……！」

はるか空の上、基地と都市を背後に庇《かば》うようにして、飛び立った飛行隊がピラーの軍勢との戦いを始めている。飛行隊の役目はターシャリの攻撃を引きつけ、ワルキューレや地上への被害をできるだけ減らすことだ。

通常兵器がピラーに通用しない以上、彼らの役目は囮《おとり》以上にはなりえない。一方的に追い回され、敵の注意を自らに集める命懸けの任務。あるいはそれは、ワルキューレ以上に辛《つら》い戦場といえるだろう。

だが、そんな彼らの奮戦があるからこそ、ワルキューレが十全に戦える。

「――――」

雲上、飛行隊に追い縋《すが》るピラーが後ろから撃たれ、炎に包まれる。砕かれるピラーは内側から若木に食い尽くされ、はち切れるように存在が消滅、地へ落ちる。

それを成し遂げたのは、灰色の機体を翻した英霊機だ。ナタリーの隊に所属するワルキューレの一人で、射撃のタイミングを計るのが抜群にうまい。

伸び悩んでいた彼女に、その戦い方を助言したのはルサルカだ。味方の援護のある場所でなら、これ以上ないほど輝く適性が彼女にはあった。

幸い、素直な彼女はルサルカの助言を聞き入れ、適性を活《い》かしてくれている。翼を畳んだワルキューレの助言など、さぞ屈辱だったはずなのに。

そんなルサルカの感慨を余所《よそ》に、ワルキューレ小隊は戦果を重ねていく。

敵中へ飛び込み、窮地でこそ花開くナタリーの撃破戦術。

味方が誘導した敵を根こそぎに殲滅《せんめつ》する、アルマの広域超爆撃。

そして、派手さはないが、堅実に敵勢を減らしていく他のワルキューレの連携攻撃。

――戦況は、欧州軍有利に進んでいる。

だがそれも、不気味に佇《たたず》むセカンダリー・ピラーの存在が容易に霞《かす》ませる。

「動こうとしないのは、何を狙っている……？」

出現以来、微動だにしないセカンダリの存在は戦場に暗い影を落としていた。

見たところ、ワルキューレ隊はセカンダリに攻撃していない。おそらく、司令部から攻撃を禁じられているのだ。それは、正しい判断と言える。

実際、セカンダリは動かず、攻撃に参加してこない。その間、ターシャリの掃討に力を使えたおかげで、こちらが受けた被害は最小限で済んでいた。

だからいっそ、動かないセカンダリの様子は歓迎すべきこと、なのに。

「胸騒ぎが……」

じわじわと、ルサルカの胸中に込み上げる嫌な悪寒がある。

はっきりと、具体的な形にならないそれがなんなのか、ルサルカも答えを出しかねる。

しかし、この状況を進めることには抵抗感があった。

――あのセカンダリの静観は、何を意味しているのか。

「――――」

ある種の昆虫は、獲物を捕まえるために何時間、何日と時間を費やすという。

無論、ピラーは昆虫の姿を模しているだけで、その生態までもコピーしているとは限らない。それでも、行動パターンには共通点が生じるのではないか。

だとしたら、あのセカンダリの待機行動は静観などではなく――、

「獲物を見定めている……？」

だが、ピラーにとって最大の脅威であるワルキューレはすでに戦場の空にある。そのワルキューレの存在を無視して、いったい、ピラーは何を狙うのか。

この戦場において、ワルキューレ以上に重要な存在などいるはずも。

「まさか」

最悪の予感、致命的な可能性に思い至り、ルサルカの足が一気に速まる。

――すでに、今回のピラーの襲来はこれまでの定石から大きく外れたものだ。ならば、これ以上の最善手を打ってこないなどと、どうして言い切れる。敵は人類を理解し、戦術を駆使し、最善手で詰めてくる。

だとしたら、この瞬間、ピラーにとっての最善手は――、

「今すぐ、司令部を放棄して――」

通路を駆け抜け、正面の鉄扉を勢いよく開け放つ。

そのまま、扉の向こうに広がるハンブルク基地の心臓部たる司令部へ、ルサルカは最大の窮地を報《しら》せに飛び込んだ。

だが、ルサルカを出迎えたのは、基地司令の厳《いか》つい鉄面皮ではなかった。

「え……？」

ルサルカの眼前、視界一杯に広がったのは緑の針葉樹林だ。本来あるべき姿とかけ離れた光景に、ルサルカの思考が完全に停止する。

そして、事態はルサルカのショックを余所に、加速度的に悪化する。

「――っ⁉」

背後、凄《すさ》まじい轟音《ごうおん》が鳴り響いて、ルサルカはとっさに振り返った。

視界に飛び込んでくる黒煙。煙を噴いているのはハンブルク基地の中央――直前に、ルサルカが駆け込もうとしていた司令部のある建物だ。

司令部は建物の上半分が吹き飛び、建物全体に甚大なダメージが伝わっている。

一目で、司令部が攻撃を受けたのだとわかる状況だ。しかし、その実態の不可解さにルサルカは空色の瞳を見開く。

いったい、司令部は何の攻撃を受けたのか。

そもそも、何故、自分はこんな基地から離れた森の中に立っているのか。

――何が、起きているのか。

「とにかく、こうしてはいられません……！」

不可解な状況だが、それに対処するべくルサルカは走り出す。黒煙を噴く司令部には救助が必要だ。生存者を助け出し、指揮系統の立て直しを――、

「——ぁ⁉」

森を抜け、坂道を駆け下ろうとした途端、再びルサルカの視界が流転した。

直後、ルサルカは目の前に現れた灰色の壁に慌てて手をつく。勢いが腕に跳ね返り、衝撃に顔をしかめながら、とっさに周りを見回した。

すると、今度はルサルカはハンブルク市内の街路に立ち尽くしていて。

「森の次は、街の中に……」

十秒前にルサルカがいた森と、この街の中心部とでは数百メートルでは利かない距離があった。その距離が瞬《まばた》きの合間に消失し、ルサルカはここに立っている。

明らかな異常事態だ。基地から森へ、森から街へ、ルサルカの体が移動している。

——否、その現象はどうやら、ルサルカに限定したものではないらしい。

「な、なんだ⁉　なんでここ、街の中⁉」

「きゃあ⁉　どうなって……私、自分の部屋に入って、なのに！」

「うえええん！　パパー！　ママーっ！」

悲鳴に怒号、泣き声が周囲で次々と錯綜《さくそう》する。パニックの原因は、ルサルカと同じように奇妙な転移現象を体感したショックによるものだ。

見たところ、混乱している人々に区別はない。軍人、女性、子どもに老人、カテゴライズするにはサンプルが足りないが、おそらく人を選んだ現象ではない。

つまり――、

「人を動かしているのではなく、空間の接続がおかしくなっている」

司令部の入口が森と繋《つな》がったように、森の出口が街中に繋がったように、空間と空間の接続が歪み、位相がズレているのだ。

それと同時に、司令部が受けるはずのない攻撃を受けたカラクリも読み解けた。

「セカンダリー・ピラーの異能……！」

遠く、光の柱の傍らから欧州軍を睥睨《へいげい》しているセカンダリー・ピラー。その無感情な赤い複眼は、獲物を見定める狩人《かりゅうど》の目――ルサルカの直感は正しかった。

ただ、あと一歩、ルサルカが司令部に辿《たど》り着くのが早ければ。

「今すべきは、後悔ではないはず……」

首を横に振り、ルサルカは萎《しぼ》みかける自分の闘志に活を入れた。

状況はルサルカの悔悟に付き合ってはくれない。足を止めている間も人は死ぬ。悲劇に酔っている暇など、戦いにはないのだ。

「――いきます」

自分のやるべきこと、その答えはわからぬままに。

足を止めていることだけはできないと、ルサルカは懸命に地を蹴り、走り始めた。

8

「――違う」

悔悟を振り切り、走り出したルサルカを嘲笑《あざわら》うように空間のズレが連鎖する。

街の中心部から基地を目指して、民家を、墓地を、再び森の中を、足を逸《はや》らせる。

「――ここでもない」

出来の悪い映画のフィルムのように、繋がりのない景色が短時間で切り替わる。

移動はあくまで空間の歪み、長距離を一瞬で飛ばされたとしても疲労はない。だが、募る焦燥は余裕を奪い、失われる余裕は精神を摩耗させる。

「――いったい、どうすれば」

頭上、セカンダリー・ピラーの参戦した空を、ナタリーたちが懸命に抗《あらが》っている。

しかし、彼女たちの戦いを近くで見てきたルサルカにはわかる。その動きは精彩を欠いており、攻撃にも回避にも迷いがあった。司令部の壊滅を受け、彼女たちは上からの命令なしに戦わされている。――全ての判断は、指揮官であるナタリーの役目。

自覚と責任感の強いナタリー、それでも彼女はまだ十六歳だ。

この戦場の全ての命を背負うには、人生の何もかもが足りていない。

「――わぷっ」

空に集中するあまり、足下が疎《おろそ》かになっていた。

目の前の扉を開け、踏み出した瞬間に地面が消える。直後、水音と共に体が水中へ沈み込んだ。基地近くの湖に飛ばされたのだと、一瞬の混乱の直後に気付く。

「――――」

暗い水の中、空の青さで上下を見定め、湖底を蹴って水面を目指す。泳ぐのは得意だが、今までで一番危険な転移だった。泳げない人間にとっては命に関わる罠《わな》となる。

水を掻《か》いて、水面へ顔を出す。それから岸を探して視線を彷徨《さまよ》わせ――、

「――？　声が」

聞こえる、とルサルカは首を巡らせ、発信源を探した。

声は悲痛で、子どものもののように聞こえる。自然と心が逸り、声の方角に向かって泳ぎ出した。――その直後だ。

「――っ！」

泳ぐ最中に再び転送があり、ルサルカはとっさに手を伸ばして転倒を免れた。

「ここは……」

手をついた床は水浸しで、水深はルサルカの膝下まで深まっている。どうやら、繋がった湖から水が流れ込んできているらしい。おそらく、街の家屋の一軒だと思われるが、この分だとここいら一帯が浸水するのも時間の問題だ。

「お、お姉ちゃん？」

そう状況を確かめるルサルカの耳に、震える子どもの声が届いた。

振り返れば、傾いた戸棚の上で十歳前後の少年が膝を抱えている。家の中に浸水し、溺れるのを恐れて戸棚に上がったのだろう。

そして、その少年の声こそが、湖でルサルカが聞いたもので間違いない。

「おい！　ずぶ濡《ぬ》れの姉ちゃん！　あんたは無事か⁉」

少年の様子に気付くのと、壁越しに声がかかったのはほとんど同時だった。

低い男の濁声《だみごえ》は、水浸しとなった建物の外から投げかけられている。見れば、家屋の一部が倒壊していて、声そのものは瓦礫《がれき》の向こうから届いたものだ。

「無事です！　中の少年も！」

「そうか、そいつはよかった。基地がやられた最初の一発で、でかい破片が吹っ飛んできたんだ。それで入口がやられちまって、何とか瓦礫をどけようとしてるんだが……」

「現実的ではありませんね」

家屋の崩れ具合からして、瓦礫の撤去には重機が必要だ。が、今の状況でそんな装備の充実は望めない。となれば、外からの助けは期待できない。

「水の勢いからして、流れに逆らって向こうへ出るのは困難でしょう」

ルサルカが流れ込んできた空間の歪みは湖に繋がっているが、少年を抱えた状態で流れに逆らえるとは思えない。純粋に、瓦礫の隙間を抜ける方が適切だ。

「――――」

息を止めて、ルサルカは膝下の浸水に顔を突っ込む。水の流れを追い、瓦礫の隙間に活路を求めて。やがて――、

「私とあなたの二人なら、何とか抜けられそうな隙間があります。少しの間、息を止めて私にしがみつく。できますか？」

「う、え……」

戸棚の上の少年に近付いて、ルサルカは見つけた脱出路について話をする。しかし、その話を聞いても、少年の方の踏ん切りはなかなかつかない。

こうしている間も水の流入は進み、すでに水深は腰の高さに達しようとしていた。このままでは早晩、息ができなくなるだろう。その前に建物が水の勢いに耐え切れず、倒壊する方が早いかもしれない。

「――――」

外では先ほど声をかけてきた男が、複数の人間と瓦礫をどけようと必死になっている。しかし、間に合うまい。

だから――、

「怖い気持ちはわかります。ですが、助けを待つばかりでは状況は変えられない。助かり

たいなら、自分から手を伸ばさなくては」

「じ、自分から……」

「ええ、そうです。自分から……」

差し伸べられた手を取るのだと、そう少年に言い聞かせるルサルカが言葉に詰まる。

一瞬、怯《おび》える少年の姿が、かつての自分の姿と重なった。

エイミーの手も、セネアの手も、差し出された手を取れなかった自分の姿が。

「——自分から、差し伸べられた手を取るんです」

しかし、一瞬の躊躇《ためら》いを噛《か》み殺して、ルサルカは堂々と少年に言葉を続けた。

それを受け、少年が息を呑む。それから、おずおずとルサルカの方に手を伸ばして、

「あなたの勇気に、翼の加護があらんことを」

「翼の、加護？」

「あなたやご家族、ご友人や良き人々の空を守る、大いなる翼の加護です」

下手な自覚がありながら、ルサルカは少年に微笑みかけ、握られた手を握り返した。

そして、少年を抱き寄せると、問題の隙間の前へ。

すでに水深は胸の高さ。一刻の猶予もないが、不安はなかった。

自分でも驚くぐらい、翼の加護が安らぎを与えてくれていて——。

「——ぶはっ！」

「おお！　出てきやがった！」

水面から顔を出して、ルサルカが少年を穴倉から外へ押し出す。すると、少年の体をたくましい腕が摑み、ぐいっと引っ張り上げてくれた。

「助かりました。礼を言います」

「馬鹿言え、礼を言うのは俺たちの方だ。あんたこそ、ケガはねえか？」

「ご安心を。ケガはありません。……途中、トラブルはありましたが」

水の流れを辿り、少年を抱えて建材の隙間を抜けるとき、胸が引っかかりかけたのは危うかった。もう少しで、死因が『巨乳』になるところだ。

「そら、こっちだ。手ぇ貸してくれ」

男の言葉に手を差し出せば、ルサルカの体も水際から引き上げられる。全身を水浸しにしたルサルカは、長い髪を煩わしげに振り、立ち上がった。

そんなルサルカの姿に、目の前の男が眉を顰《ひそ》める。

「あんた、聞いた声だと思ったら、昨夜の……！」

「――？　どこかでお会いしましたか？」

「ああ、酒場でな。悪い酒だったみてえで、そっちは覚えちゃいないようだが」

大柄な男が頭を搔いて、昨夜のルサルカとの邂逅《かいこう》を口にする。その発言にルサルカは微《かす》かに息を詰まらせたあと、「そうですか」と何とか応じると、

「ご無事で何よりです。あなた方は、救助活動を？」

「そんな大層なもんでもない。たまたま近くにいた力自慢を集めて、崩れた建物から人を引っ張り出してるだけだ。……どうにも、逃げ道も見当たらないんでな」

そう言って、男が街の遠くに見えるピラーの方を憎々しげに睨《にら》みつける。

空間の歪みはすでに周知の事実で、彼らも対応に追われているらしい。その状況で逃げるのではなく、人助けを選んだ考えは実に立派だが――、

「他にできることがないってだけだ。情けない話だよ」

「……本当にそうでしょうか？」

「なに？」

苦い顔をした男が、ルサルカのこぼした一言に眉を上げる。そんな男の反応を視界の端に、ルサルカは脱いだ上着の袖を絞りながら瞳を細めた。

幾度かの転移経験と、湖から家屋へ飛ばされた経緯。――否、ルサルカが家屋へ到着できた理由を突き詰めれば、思考に引っかかるものがある。

それは――、

「お姉ちゃん……」

と、考え込むルサルカの下へ、先ほどの少年がやってくる。少年は少し疲れた様子だったが、ルサルカの前までくると、深々と頭を下げた。

「助けてくれて、ありがとう」

「当然のことです。私は軍人なのですから。誰でも、同じことをしたでしょう」

「でも、きてくれたのはお姉ちゃんだよ。だから……」

ゆっくり、ずぶ濡れの顔を上げ、少年がルサルカを見つめる。

そして——、

「——お姉ちゃんがきてくれて、ホントによかった」

少年のお礼の言葉に、ルサルカは目を見開いた。

単純明快で、曲解しようのない少年の感謝が、ルサルカの豊かな胸の奥を突く。

その言葉に息を呑み、ルサルカは空色の瞳を伏せたまま、

「……先ほど、やれることが他にないと仰《おっしゃ》っていましたね」

「あ？　あ、ああ、そうだ。救助って言っても、根本的な解決にはならねえ」

話の水を向けられ、動揺しながら男が答える。

実際、彼の言葉は正しい。何度、倒壊した建物から要救助者を引っ張り出しても、戦いが終わらない限り、いずれは終わりに追いつかれる。

しかし——、

「でしたら、私に協力してくださいませんか？　——この状況を、変えられるかも」

「——」

「無論、すぐに信じろと言っても難しいことはわかっています。私も、確信があるわけではありません。ですが、勝算は少なからずあると……」

この悲惨な状況を変えるべく、ルサルカは言葉を尽くして説明しようとする。

ルサルカの思いついた作戦は一人では実行できない。どうしても人手がいる。そのために、彼らの助力を請わなくてはならないと。

そんなルサルカに――、

「やれやれ、あんたは本当に規格外というか、予想外の別嬪《べっぴん》さんだな」

「……え？」

「そんな必死な顔なんてしなくても、手ぐらい貸すさ。言ったろ？　できることがないかこうしてる。できることがあるんなら話は別だ」

厳《いか》つい顔をした男が笑い、周りを見る。自然、子どもを助けるために集まっていた市井の人々が、男の視線に顎を引いて賛同した。

「――――」

その反応に呆気《あっけ》に取られるルサルカへ、男が振り返り、

「やろうぜ、戦乙女様。――酒場であれだけ啖呵《たんか》を切ったんだ。かましてくれよ」

「……私は、酒場でなんと泣き喚《わめ》いていたんですか？」

「なんだぁ？　それも覚えてねえのかよ」

意気込みが空回りした顔で、男は自分の頬を掻く。しかし、ルサルカの眼差《まなざ》しに真剣な問いだと悟ると、彼は深々と息を吐いて、続けた。

「元々、こっちが悪かったんだけどな。酒が進みすぎて、勢いで悪口が出た。戦ってくれてるあんたたちに、聞かせられん雑言さ。……もっと、しっかりしてくれってな」

「――――」

「それで、あんたにぶっ飛ばされた。――ワルキューレは、ヒーローだって」

なんと、臆面もなく恥ずかしいことを口走ったものなのか。

そう恥辱を覚えるルサルカだったが、周囲の反応は予想と違った。男は自分を恥じるように唇を曲げ、周りの男たちも同じような顔になる。

この中に、昨晩の酒場に一緒にいた人間がどれだけいるかはわからないが。

「その通りさ。その通りだとも。だから、俺たちにあんたを手伝わせてくれ。それができたらようやく、昨日の悪い酒の償いができる気がするんだ」

そう告げて、男がルサルカに手を差し出した。握手を求める男の態度に、ルサルカが一瞬だけ戸惑う。そのルサルカの裾を、少年の手が引いた。

何事かと見れば、少年は自分の掌《てのひら》をルサルカへ突き出して、

「手を、取るんだよ。でしょ？」

「――ええ、そうでしたね」

自分で言った言葉に背中を押され、ルサルカは静かに前を向いた。そして、差し出された男の手を握り、握手する。

「ご協力に感謝を。必ずや、後悔はさせません」

「ああ、頼んだぜ、ヒーロー。いや、ワルキューレ様よ」

掌を握り返して、そう期待を向ける男にルサルカの返事は難しい。しかし、この瞬間は確かな手応えと共に、ルサルカは少年に振り返った。

「ここにいては危険です。誰か、大人の方と一緒にいてください。私は、果たすべき役割を果たしてきます」

「うん！　──翼のご加護を！」

「──ええ、あなたにも」

少年の祈りに頷いて、ルサルカは空を見上げた。

そこでは今も、ワルキューレたちが援護もなく、侵略者たちと戦い続けている。その状況を打破し、戦局を変えるために。

「何でも言ってくれ。俺たちは何をすればいい？」

街を守るために、抗《あらが》う機会を得た男たちの要請に、ルサルカは振り返った。

そして──、

9

「――有志の協力を得て、空間の歪みの位置と、接続先をマッピングしました。今も、アナログな手段での解析は進めている真っ最中です」

　テーブルの上に広げた都市の地図、そこへルサルカが次々と印を書き込んでいく。

　空間の歪みをいくつか抜け、辿《たど》り着いた工場に貼られていた大きな地図だ。地図には街だけでなく、森や湖といった周辺一帯が詳細に描かれている。

　あと、必要なのはハンブルク基地の地図、それがなくてはお話にならないが――、

「そこは幸い、私が司令部に配属されていましたので」

『おいおい、基地の地図は部外秘だろうに。それも大っぴらに見せちまったのか？』

「ええ、火急の事態でしたので。問題でしたか？」

『いいや、必要だと判断したなら仕方ない。お前の判断は正確だ』

　と、開き直ったルサルカの言葉を受け、無線越しの司令部で笑いが起きる。

　ルサルカが市民に協力を依頼し、作戦を決行して十数分――攻撃を受けた司令部が立て直され、代理の司令官に収まった男がルサルカを称賛する。

　その代理の司令官の声が、営倉で話した伊達男《だておとこ》と一致したのが驚きだが、彼の名前を聞いてそれにも納得がいった。

「人が悪いですね。アレハンドロ・オストレイ中佐」

『お互い有名人だったってだけだ。カリカリするなよ、ルサルカ・エヴァレスカ大尉』

互いに階級を含めて呼び合い、自分たちの立場をはっきりと明示する。

その上で、司令部でもルサルカの指示通りに地図へ印を記入していく。その結果を確認した司令部から、感嘆の息が漏れた。

――ルサルカの作戦、空間の歪みへの対抗策はひどく単純な人海戦術だ。

都市の周辺数キロ以内をランダムに繋《つな》げる空間の歪み。だが、湖の水が際限なく流れ込むように、歪みの先まで子どもの悲鳴が届くように、繋がり自体は不変だ。

つまり、配線が狂っているだけで、道自体はそのまま続いているようなもの。となれば必要なのは、どことどこが繋がっているのか、その道標《みちしるべ》を作ることだ。

『それを人力でカバーか。歪みの位置に人を立たせて、分かれ道の立て看板代わりをやらせるわけだ。道標があれば、迷いも混乱も最小限で済む』

「初めて行く基地で、案内役がつくようなものです。自儘《じまま》に歩かれては困りますが、正しいナビゲートがあれば戸惑いもない」

『だが、思いついても実行するのは簡単じゃないだろ。ましてや、今は戦闘中だ。こんな状況下で、よく市民を説得できたな』

アレハンドロの感心した声に、ルサルカは短く瞑目《めいもく》する。

当たり前だが、頭上の戦いは地上の人々にとっても他人事ではない。ワルキューレ隊や飛行隊だけでなく、ターシャリ・ピラーが被弾した場合にも、街には落下物の危険がある。本来、民間人はシェルターへの避難が必須の状況だ。

だが、ルサルカの要請に応えた男を始めとして、多くの市民が協力してくれている。

それがなくては、こうも詳細な接続マップは完成しなかっただろう。

だから、アレハンドロの疑問は当然のものだった。そんな彼の驚きに対して、ルサルカが持つ答えがあるとすれば、それは一つだけだ。

「誰もが、自分の守りたいもののために戦う権利を有している、ということです」

『──。どうあれ、各部署にこのマップデータを送信する。これで、止まっていた軍の機能も息を吹き返すだろう。あとは』

「ええ、あとは……」

ルサルカとアレハンドロが、おそらく同時に空を仰ぎ、セカンダリー・ピラーを見る。

地上の混乱を収める目途は立った。ならば、次に必要なのは難敵の攻略だ。

頭上、ワルキューレはもちろん、加護のない通常の飛行隊まで動員して、ターシャリ・ピラー及びセカンダリー・ピラーへの攻撃は続けられている。

しかし、決定打はないまま、事態は刻一刻と人類不利に傾きつつあった。

その状況を作り出した原因は、基地の機能不全だけにとどまらない。地上で人々を大い

『報告によれば、空でも空間の歪曲は起きている。ワルキューレ隊の攻撃が捻《ね》じ曲がって味方が被弾だ。今は遅滞戦闘でもたせているが……』

じきに限界がくる。集中力が切れての撃墜か、燃料切れによる墜落かはわからないが、補給に着陸する瞬間を歪められないとも限らない。

どうにかして、空の空間の歪みを見極めなくては──、

『……エヴァレスカ大尉、いったい、何を躊躇《ためら》うのですか』

「──ミシェル？」

不意に、アレハンドロとの通信に割り込んでくる女性の声。聞き慣れたそれが、すぐにミシェル・ハイマンの声だとわかる。

いっそ、ルサルカには通信越しの声の方が馴染《なじ》み深い。何故なら、現役時代のルサルカの隊のオペレーターが、ミシェルその人なのだから。

そのミシェルが、思考するために足を止めていたルサルカへ訴えかけてくる。

『今、他人事のように考えていませんか？　空は、自分の戦場ではないとでも……』

「ミシェル？　声の調子が……負傷を？」

震える声にミシェルの苦悶《くもん》を感じて、ルサルカはすぐ原因に思い当たる。

持ち場を考えれば、セカンダリの攻撃を受けた司令部にミシェルもいたはずだ。あの威

力だ。当然、無傷で済んだはずがない。

本来なら、今すぐにでもベッドで安静にしていなくてはならないはず。

『私のことなど、今はどうでもいいでしょう！』

「――――」

しかし、そんなルサルカの憂慮にミシェルは聞く耳を持たない。

普段から冷静沈着を貫くミシェル、彼女の見せた激発にルサルカは言葉を失った。そうして押し黙るルサルカへ、ミシェルは畳みかける。

『私の傷なんて、どうでもいいことです……。傷があってもなくても、私は飛ぶことが、戦うことができないのですから』

痛みが増しているのか、ミシェルの声には徐々に痛苦の度合いが増していく。だが、彼女は強まる痛みに耐え、一層、声に強い力を込めた。

『だけど、あなたはそうではないじゃありませんか！』

「私は……」

『私たちだって……私だって、戦える力があれば戦いたい。だけど、資格がない！　資格があるのは、翼を持つのは、あなただけなんです、ルサルカ・エヴァレスカ！』

「――っ」

ミシェルの言い放った言葉が、ルサルカの心を強く穿《うが》つ。

必死の訴えがあり、次いで咳き込む音がする。その、血の混じった咳の音に戦慄が過《よぎ》るが、それは『大丈夫だ』と引き継ぐアレハンドロの言葉が溶かしてくれる。

『少し、興奮しすぎただけだ。──ただ、本気の訴えだったな』

「それは、わかって、います……」

ミシェルの決死の言葉が届かないほど、ルサルカも鈍感ではありたくない。それと同時に、ミシェルのこれまでの言動の疑問も氷解する。

今の発言はきっと、彼女がこの基地で再会して以来、何度もルサルカへ言いたかった言葉だったのだ。彼女は何度も何度も、ルサルカに言い続けていた。

──自分と違って、あなたは飛べるはずでしょうと。

それが怒りや憎しみ、投げやりな感情から発した言葉なら、響かなかった。

ただ、これまでと同様に、ルサルカが自分自身を責め苛《さいな》む炎の薪《たきぎ》としただけだ。だが、ミシェルの言葉に込められた激情は、そんなものではなかった。

彼女の言葉にあったのは、悲しみと憧憬。

──ルサルカ・エヴァレスカが飛べない今を、ミシェルは本気で悔やんでいて。

『誰でも、自分の大切なもののために戦いたいと願ってる、だったか？』

「────」

正確ではないが、ニュアンスは捉えた言い回しだ。ルサルカは反論せず、アレハンドロが何を言うのか、黙って続きを待つ。

そのルサルカへと、アレハンドロは続ける。変わらず、自信に満ちた声で。

『俺もそうだ。いいや、俺たちも、だ。もちろん、基地の連中は全員そうだし、お前に協力した民間人も同じだろう。誰もが、お前の立ち位置に焦がれている』

「私の、立ち位置……ワルキューレに」

『ああ、そうだ。――けど、それは俺たちの勝手な期待だ』

「え？」

自身の胸に手を当て、話を聞いていたルサルカが目を見開く。そのルサルカの表情は見えないだろうに、アレハンドロは『間抜けな顔してるな？』と言い当てて、

『希望だの期待だの、背負って飛ぶには重くなりすぎる。何のために鳥があんなやせっぽっちでいると思う？　飛ぶためだろ？』

「――――」

『飛ぶも飛ばないも、何を背負うも背負わないも、自分で決めろ、エヴァレスカ。お前の選択の責任は、人類全部で取ってやる』

人類全部、と言い切るアレハンドロに呆気《あっけ》に取られた。それからすぐ、ルサルカの唇が緩み、「は」と息が漏れて、

「普通、責任は自分が背負う、と言いませんか？」

『背負い切れる重さならそうしてやったさ。あとは、そうだな。誰でも、自分の大切なものを守るために戦いたいと願ってるなら――』

一拍、そこで言葉に空白を作り、アレハンドロが続ける。

それは――、

『――エヴァレスカ、お前の大切なものはなんだ？』

「――」

真っ直ぐ、通信機越しにアレハンドロの顔が見えた気がして、ルサルカは空を仰いだ。

頭上、飛行隊とターシャリ・ピラーが交錯し、激戦が続いている。しかし、この瞬間のルサルカの視線はもっと先、もっと上、もっともっと彼方《かなた》の、大空だ。

夕焼けが夜に染まり始め、彼方には星の光が見え始める、そんな夜の空を仰ぐ。

かつて焦がれ、いつしか諦め、見上げることを忘れてしまった空を。

どこまでもどこまでも、果てない青に溶けてしまいたいと恋焦がれた空を――。

『ルサルカ。お前の、大切なものはなんだ？』

再度、アレハンドロが確かめるように問いかけてくる。

それを受け、ルサルカは今度こそ、答えを躊躇わなかった。

「私の、大切なものは――」

10

——走る。

「こっちだ！　この先は森になってる！　足下に気を付けろ！」

——走る。走る。走る。

「この先を抜けるとすぐ壁よ！　ぶつからないように注意して！」

——走る。走る。走る。走る。走る。

「真っ直ぐ！　真っ直ぐ！　ここ、真っ直ぐいったら……」

——走る。

——走る。走る。走る。

——走る。走る。走る。走る。走る。

――走る！

「リーベル整備長！」

「ルサルカ!?」

格納庫へ飛び込んだルサルカを見て、ロジャーが驚きに目を丸くする。

それもそのはず、ルサルカが現れたのは格納庫の入口ではない。格納庫の奥にある窓を潜り抜け、そこから場内へ転がり込んだのだ。

頭を振り、髪に引っかかった葉を落としながら、ルサルカはロジャーの下へ。

そして――、

「私の、スピットファイアは!?」

「――っ、ええ、もちろん！　飛ぶ準備はいつだって万全よ！」

勢いのついたルサルカに、戸惑いを一瞬で消したロジャーが親指を立てる。そのまま、彼は立てた親指を格納庫の一角へ。

そこに、ルサルカの愛機である深紅の英霊機が堂々と待機していた。

「司令代理との通信は聞いてたわ。いつでもいけるわよ」

「さすが、心強い」

ロジャーの太鼓判を受け、ルサルカが英霊機へと駆け寄っていく。

途中、整備兵が投げ渡してくれるゴーグルを受け取り、素早く身に着けた。あまりに準備不足、これで飛ぶなど素人でも自殺行為とわかる。

だが生憎《あいにく》と、飛行服に着替える余裕も、更衣室への道のりも確実ではない。そもそも、濡れた服だって着替えていないのだから、今さらといえば今さらだ。

「ルサルカ！　先に飛んでる子たちの残弾が不安だわ！　可能なら、補給に降ろして！」

「伝えます。離れていてください」

燃料はともかく、一度も補給に降りてきていないのは不安が大きい。空間の歪みを利用した着陸妨害は懸念されるが、戦う術《すべ》のないまま空にいるのも危険だ。

無事な離着陸地点を見極め、それをナタリーやアルマ、戦乙女小隊へと共有する。そのためにも、急いで空に上がらなければ――、

「――――」

そんな思考を走らせながら、ルサルカは慣れた動きでコクピットへ体をねじ込む。シートベルトを締め、飛行帽とゴーグルを装備すると、機内の計器に触れようとして。

そこで、自分の手指が震え、動かなくなっていることに気付いた。

「く……」

腹を括《くく》り、弱い自分の考えを蹴倒すつもりでここまできた。実際、ここまでで怖気《おじけ》づく

ことはなかったのだ。それなのに、肝心のコクピットに入った途端、これか。

「────」

いつまでもエンジンが始動しない、その状況を不審に思ったのか、離陸を見届けようとしていたロジャーや、整備兵たちの表情に戸惑いが浮かぶ。

彼らにそんな顔をさせてはならないと、ルサルカは強く自分に言い聞かせる。

だが、それでも肝心の腕は動かず──、

『──ルサルカ、お前はワルキューレだ』

「──ぁ」

動けないルサルカの鼓膜を、格納庫のスピーカーから届いた声が叱咤《しった》する。

絶対に、この状況だって、司令部には見えていないはずなのに。

──『奇跡の立役者』、アレハンドロ・オストレイは、堂々と続けた。

『空は、お前の夢の場所だ。飛べよ、ルサルカ！　エイミーみたいになるんだろ⁉』

「──っ、それは、言わない約束だったのに！」

奥歯を噛《か》みしめ、営倉での悩み相談を暴露されたルサルカが腕を動かした。先ほどまで硬直し、言うことを聞かなかった手が、コクピット内の計器に触れる。

エンジンが始動し、久方ぶりの鼓動にルサルカの英霊機が快哉《かいさい》を叫んだ。

「――。ずいぶん、待たせてしまいましたね」

ルサルカが飛べなくなってから、地上で埃《ほこり》をかぶる日常を過ごしていた愛機に詫《わ》びる。

無論、ロジャーたちの整備は完璧で、埃をかぶっていたというのは比喩表現だが。

「埃をかぶっていたのは、私も同じでした」

目をつむり、ルサルカは息を吐く。

正面、格納庫の入口が開放され、車輪を回し始める英霊機が前進する。ゆっくりと、着実に、その速度は速くなり――、

「ルサルカ！　かましてきなさい！」

ロジャーの、勇ましく野太い声援。それに続いて、整備兵たちの声もする。

背負って飛ぶには重すぎる、希望と期待。まさしく、アレハンドロの言う通りだ。

しかし、背負って飛ぶと決めたのは、他ならぬ自分なのだから。

「――ルサルカ・エヴァレスカ、出撃します」

深紅の機体が翼を纏《まと》い、今、再びの空へと舞い上がった。

11

「く……っ！　シャノンの機体がもたない！　アルマさん、フォローを！」

『ナタリーが無防備になる。そうしたら』

「だとしても、です！」

　空戦の真っ只中《ただなか》、光弾が右から左から迫ってくる状況で、ナタリーは必死に周りを見ながら指示を飛ばし、小隊の仲間の援護に奔走する。

　一瞬、指示に躊躇《ためら》いを抱くアルマが、それでも指示に従って仲間の援護へ。代わりに集中する自分への攻撃を、ナタリーは高速機動で懸命に回避した。

　アレハンドロの檄《げき》があり、一時的だが士気が立て直された。

　ナタリーたち、ワルキューレ隊はもちろんだが、飛行隊も敵を引きつけるべく奮戦してくれている。しかし、旗色は決して良くはない。

「空間の歪曲《わいきょく》が……」

　地上にも影響を及ぼしていると、漏れ聞こえる通信で何となくわかる。

　セカンダリー・ピラーへの攻撃がフレンドリーファイアに誘引されたように、地上でも空間を歪《ゆが》めた混乱が多数起こっているのだ。

　そのため、各部署の援護や、住民の避難も非常に混迷している。

そんな状況に、ナタリーは奥歯を嚙みしめ、

「まだですの、司令官。――今、奇跡が必要ですのよ」

と、縋《すが》るような自分の声にナタリーは嫌気が差す。状況の打破を他者に委ね、考えをやめるのは怠惰な在り方だと。

そこへ――、

『――ナタリー、あれ』

アルマからの通信があり、主語のない呼びかけにナタリーは息を吐く。

味方の窮地か、あるいはセカンダリー・ピラーに新たな動きがあったのか。いずれであれ、戦況の後退は免れない。せめて、被害を減らさなくては。

「――っ」

そんな弱気が翼に影響したのか、機体の回避行動が一手乱れる。瞬間、光弾が主翼を掠《かす》め、ナタリーの英霊機が悲鳴を上げ、姿勢がブレた。

マズい、と言葉にする余裕もない。

すぐ正面、ちょこまかと逃げ回るナタリーへの敵意を高め、撃墜の好機を手ぐすね引いて待っていたターシャリ・ピラーが殺到する。

退路はないと、飛び抜けた空間把握能力を持つナタリーは即座に解した。

それは同時に、ナタリー・チェイスの短い生涯の終焉《しゅうえん》をも意味するとも。

「――」

迫る終幕に、思わずナタリーは目をつむってしまった。

それが活路を探すことを諦め、自ら可能性に蓋をする行為とわかっていても、なお。

しかし、それ故に――、

『――戦場で、敵を前に目をつむるなんて愚策ですよ』


真下から上がってくる深紅のスピットファイアを、ナタリーだけが見逃した。

赤い線が中空を踊り、機銃が唸《うな》り、銃火が炸裂《さくれつ》する。

「え……？」

次の瞬間、ナタリーに殺到したターシャリの包囲網に穴が開く。小さな穴だが、ナタリーが掻《か》い潜るには、十分すぎる空白だ。

なりふり構わずそこへ飛び込み、死へ直結していたレールからまんまと逃れる。

そのナタリーを追撃せんと、ホタルの姿をしたターシャリが翅《はね》を羽ばたかせて加速、しかし連携が取れておらず、ターシャリ同士が宙で激突、衝撃に外殻がひび割れる。

飛び散る光の粒子を見ながら、ナタリーは小さく息を呑んだ。

そこへ再び声が滑り込んでくる。

『ピラー同士の衝突、攻撃ならダメージが通る。覚えておいて損はありません』

その、外殻に亀裂が生じたターシャリへ、容赦なく銃弾が撃ち込まれた。通常なら跳ね返される威力の銃撃、それが亀裂から内側へ潜り込み、体内を噛《か》み砕く。

直後、ターシャリが光となって爆散、一瞬だけ夜が瞬いた。

「空中で同士討ち……そんな方法があったなんて」

『セカンドの間では常識でしたよ。私たちの機体に、外殻の上から相手を砕く攻撃力はありませんでしたから。あり物の試行錯誤、貧者の智慧《ちえ》です』

啞然《あぜん》と呟《つぶや》くナタリーの耳に、先ほどから何度も聞こえてくる通信の声がする。

突然の闖入者《ちんにゅうしゃ》――否、その正体はわかっていた。

夜空を切り裂く深紅のスピットファイア、それは格納庫の隅でずっと眠っていて、主の目覚めを今か今かと待ち望んでいた英霊機。

すなわち――、

「――ようやく、お目覚めになったんですのね」

『――？　寝ていた覚えはありませんが』

「そういう意味で言ったんではありませんでしてよ！」

『冗談です』

空っとぼけた応答に、ナタリーは一瞬、呆気《あっけ》に取られてしまう。

刹那の油断が生死を分ける戦場で、なんて緊張感のない物言いをするのか。真剣味が足りないと吠えたいところだが、直前の出来事がそれを躊躇わせる。

「まさか、これだけの戦いの中で余裕があるとでも？」

『余裕なんてありませんよ。ただ、戦友の教えに従っているだけです』

「戦友の教え、ですの？」

『ええ。――ピンチのときほど、軽口を叩けと』

ずいぶん難しい注文だと、ナタリーは呆れ半分、感心半分で片目をつむった。それから改めて、横へ並んだ深紅の英霊機と、コクピットの銀髪を目視して、

「戦力に数えさせていただきますわよ、エヴァレスカ大尉！」

『小隊長はあなたです。ご随意に』

ルサルカの恭しい答えに、ナタリーの胸の奥でピリピリと疼《うず》くものがある。

それはたぶん、ルサルカのスピットファイアと並んで飛んでいるから。――ワルキューレに選抜されて以来、幾度も、その映像を目にした憧憬の英霊機と。

「大尉、あなた、先ほどの攻撃はどうやりましたの？」

その、内心の武者震いを振り切って、ナタリーはルサルカに問いかける。

直前の、ナタリーを敵の包囲網から救った攻撃だ。ナタリーたちはここまで、迂闊《うかつ》な攻撃で同士討ちを避けるため、火器の使用を制限していた。

しかし、ルサルカには跳ね返されない確信があったように思えて。

『単純な心理的誘導です。敵は、自由自在に空間の歪みを作れるわけではありません。それは、地上の接続マップが変わらないことからも明らかです』

「ですが、わたくしの銃撃がシャノンの機体を……」

『ターシャリ・ピラーを恣意的に配置して、あらかじめ準備していた空間の歪みへあなたを誘導したのでしょう。シャノンの被弾も、同じ手口です』

「――――」

『相手からすれば、一度成功すればいい。以降、同じ手口を警戒して、こちらからの攻撃はできなくなる。――セカンダリは狡猾《こうかつ》です』

事実だとすれば、それはとんでもない話だった。

今、ルサルカが語った内容は、一つの可能性を示唆している。――それは、ピラーがモノを考え、計画を練り、応用を実行する知性を有する可能性だ。

「いえ、事ここに至って、その否定は何の意味もありませんわね」

今回、敵は連日となる連戦を仕掛けてきて、その上、強大な戦力であるセカンダリー・ピラーを投入。ついには初撃で司令部を一撃し、大打撃を与えているのだ。

このピラーに知性がなく、戦術を理解していないなど、何の希望的観測なのか。

『柔軟ですね、あなたは』

「――。何を大人ぶった物言いを。空で泣き言は意味を持ちません。エヴァレスカ大尉、敵を打ち倒す算段は？」

『もちろん、いくつかありますが……』

状況的に、遅滞戦闘から敵の消滅時間を待つのはかなり厳しいと言わざるを得ない。そこへ上がってきた以上、ルサルカからのアイディアに期待したいが――、

『――アルマ・コントーロだ』

ふと、二人の通信に割って入る男の声、アレハンドロだ。

彼の力強い声に気を取られ、ナタリーは意味を解するのに半瞬を必要とした。だが、その間にルサルカが通信越しに吐息をこぼし、

『私も、それしかないと思っていました』

『準備に費やせる時間もない。この戦場で、あのセカンダリにダメージを与えられる火力があるのはコントーロだけだ。――どうだ、コントーロ』

『――――』

話題の中心に挙げられ、通信を聞いていたアルマが沈黙する。

アルマの英霊機が有するグランドスラムであれば、確かにセカンダリー・ピラーを一発で撃破することも可能かもしれない。

「ですが、失敗すれば街へ爆弾が落とされるかもしれません」

『そのときは、いよいよ俺たちの戦いも敗北だ。それが、俺たちの命運なんだろ』

「――っ、そんな言葉で、諦めがつくんですの⁉」

『いいや、つかないし、思わないさ。――ただ、運命を信じてる』

ナタリーの訴えに、アレハンドロは笑い、それから静かに、力強く答えた。

そこに笑みはなく、ただ、代理の重責を背負った司令官としての覚悟があった。

『知恵を絞って、力を尽くして、最後まで諦めない意志があれば、運命ってヤツが応えてくれると信じてる。――奇跡は、ほんのスパイスさ』

運命を引き寄せる方法を語り、奇跡の代名詞たる男が堂々と言い放った。

それを受け、数秒の沈黙があり、

『――わかった。やる』

「アルマさん……」

『頼みは聞く。戦友の。――わたしを、敵まで届けて』

そのアルマの一声は全軍に、しかし、ナタリーには自分への要求に思えた。

一方的に、自分を嫌っていると思っていたアルマ。戦いの中、その考えが間違いであると否定した彼女が、こうしてナタリーに協力を求めている。

そのことに、ナタリーは小さく息をつくと、

「――当然ですわ！　わたくしを、誰だと思っておりますの？」

『ナタリー、うるさい』

「何たる言い草ですか、まったく！」

意気込んだナタリーにすげなく言って、アルマの機体がゆっくりと上昇していく。

すでに、虎の子のグランドスラムは一発放っている。残された大火力は一発のみ。それをセカンダリー・ピラーへ当て、戦いを終わらせる。

そのために必要な手段は何でも講じるべきだ。そう結論付けると、ナタリーは並んで飛んでいるルサルカの方へ目をやり、

「では、作戦指示を。役目をエヴァレスカ大尉へ引き継ぎますわ」

『ナタリー、それは……』

「でもヘチマもありません。先ほど、司令が仰《おつしや》った通りです。総力を尽くすことが必要な場面で、立場への拘《こだわ》りなんて不要です。――どうぞ、先任のあなたから指示を」

指揮官の立場は、小隊戦術論で並々ならぬ成果を挙げたルサルカこそが相応《ふさわ》しい。なんて、上っ面な理由で立場を譲るわけではない。

ただ――、

「――あなたの指揮下で戦えるのを、ずっと心待ちにしてきましたのよ」

と、ようやく、空で翼を並べて、その本音を伝えることができたのだった。

12

——集中、している。

「————」

空気が澄んでいて、夜の彼方《かなた》まで見通せる気がした。風は遠く穏やかで、こんな苛烈に生死が飛び交う戦場なのに、心はひどく落ち着いている。

「不思議なものですね」

幾度も飛んだ空だ。何度、この得体の知れない敵と戦ったか、覚えてもいない。

どの戦いも必死だった。表面上は冷静さを保ちながら、心中は穏やかでいられない。

それがルサルカの限界であり、セカンド・ワルキューレの現実だった。

そんな戦いの空へ上がって、どうしてこんなにも晴れやかな心地でいられるのか。

「——ああ、そうか」

今の心境に覚えがある気がして、自分の記憶を手探りするルサルカは気付く。

これは、初めて空を飛んだときの心境に似ているのだ。

夢見た空へ、望まぬ形でパイロットへ昇格しながら、それでもルサルカの心は震えた。

あのときの、また何度でも、この場所へ上がりたいと、願った心地と同じだ。

ようやく、それを思い出した。思い出せたから——、

「――皆に、翼の加護があらんことを」

そう祈りを捧《ささ》げ、ルサルカは英霊機の機首を下げ、一気に加速する。

そのルサルカへ続いて、ワルキューレ小隊が一斉に敵中へ飛び込んでいった。

群がるように舞い踊るターシャリ・ピラーの光が、右を左を乱舞する。放たれる光弾の隙間を掻《か》い潜り、機体を捻《ひね》り、致命必至の死線を自らなぞっていく。

迂闊な同士討ちを避けるため、ターシャリの行動範囲に空間の歪みはない。ルサルカの読みは正しく、小隊の攻撃が次々とターシャリへ命中、光と若木へ変えていく。

「――――」

操縦桿《そうじゅうかん》を握りしめ、ルサルカは光弾の回避に意識を集中する。

生憎《あいにく》と、ワルキューレのセカンドとサードの間には越えられない戦力の壁がある。しかし、それは攻撃力や防御力に限った話であり、技術は別だ。

ルサルカには、ターシャリさえ倒し切れない貧弱な火力しかない代わりに、そんな強大な敵が群がる戦場を、人類で一番長く生き延びてきた実績があった。

かつての小隊でも、そうだったのだ。

「私が先陣を切って、敵を引きつけます。その隙を狙ってください」

ワルキューレ小隊の中でも、特に危険な役目を引き受け、果敢に敵を翻弄する。この小隊ではナタリーが担当していた役目だが、ルサルカとは年季が違う。

何より、自分では敵を倒せないルサルカは、仲間に頼らなければ戦えない。

「今――ッ！」

ルサルカの鋭い声が飛ぶと、縦列に並んだターシャリが左右からの銃撃を無防備に浴びる。ルサルカへ注意が向きすぎて、余所《よそ》への警戒が散漫になった結果だ。

不注意の代償は大きく、ピラーに再挑戦の機会は与えられない。

打ち砕かれ、光となり、膨れ上がる若木が次々と地上へ落ちて、大地に生命力を返還する。『枯渇現象』の影響は深刻だ。少しでも、奪ったものを返してもらう。

それが、ピラーがこれまで犯してきた蛮行の代償だ。

『こんなに呆気なく……』

ルサルカの指示に従い、銃撃したワルキューレの一人が驚愕《きょうがく》している。

当然だが、彼女もサード・ワルキューレの一人である以上、その戦力はルサルカより何倍も上だ。これが初めての撃墜なんてこともない。短い従軍経験で、すでにルサルカよりはるかに多く、撃墜数を稼いでいるはずだった。

そんな彼女がルサルカとの共闘に驚いたのは、その戦いやすさにある。

「ナタリーもよく勉強していましたが……」

ナタリーの場合、優れた空間把握能力がかえって囮《おとり》役の仕事の邪魔になっていた。彼女の知覚は、耳元を羽虫に飛ばれるような感覚を敏感に拾ってしまう。

それを自分で撃ち落とせるなら、人任せにしようとはなかなか割り切れない。

故に、囮役としての仕事が大味にならざるを得なかった。だが、ルサルカにはそんな知覚はない。

そして、この戦法はそんなセカンド・ワルキューレのために編み出したものだ。

それを、生みの親であるルサルカが使いこなせない道理はない。

「――――」

以前と同じ役割を、以前以上の精度でルサルカは実行する。長く、飛んでいなかったブランクを感じさせない飛行技術に、後輩――否、妹たちが息を呑《の》む。

当然だ。飛んでいない間も、空のことを考えない日はなかった。考えないように努めることは、考えることと何も変わらない。

だから、ルサルカが空のことを、戦うことを、考えない日などなかった。

「その、無為に費やされるはずだった時間を、武器にする」

左右へ細かく機体を振って、迫りくるターシャリの光弾を寸前で回避。真っ赤な機体が縦横無尽に飛び回るのを、相手が煩わしく感じれば思う壺《つぼ》。

ルサルカへ追い縋《すが》るピラーが、ナタリーたちの銃撃に砕かれ、光へ変わる。

そうして、敵を手玉に取りながら、ルサルカの英霊機がセカンダリへ肉薄する。

「――――」

放たれる大鎌は、ルサルカの命を刈り取るのではなく、薙《な》ぎ払う一撃だった。

風を殺し、空を引き裂き、途上のターシャリの巻き添えに構わず、振るわれる大鎌。その死の一閃《いっせん》を前に、浮かぶ選択肢は二つ——上か、下か。

判断は一瞬、行動は刹那、結果は直後だ。

選択は上と下、だが、どちらも誤りだ。正解は、真っ直ぐ突っ込むこと。

「そうやって、自分に都合のいい方向へ誘導するのがあなたの手段でしょう？」

おそらく、上と下のどちらへ抜けても、空間の歪曲《わいきょく》から苦境へ立たされたはずだ。あるいは壁の目の前に転移し、そのまま激突して死んでいたかもしれない。

だが、賭けには勝った。——掠《かす》めた大鎌にコクピットのキャノピーが吹っ飛び、風除《かぜよ》けがなくなってルサルカの銀髪が豪風にはためく。

破片が当たったのか、こめかみをぬるりとした血が伝っている。構いはしない。痛みを感じない。心臓が爆発しそうだ。唇が、何故か、緩んでいる。

「は、は」

笑みが漏れ、ルサルカの空色の瞳がセカンダリー・ピラーの赤い複眼を捉える。

懐へ潜り込み、急上昇していく英霊機。まるでセカンダリの胴体を駆け上がるような飛行、この距離ではセカンダリは攻撃できない。

そう、セカンダリは、攻撃できない。

「――っ！」

セカンダリの胴体を垂直に上るルサルカへ、無数の光弾が撃ち込まれる。しかし、いずれも遅い。遅い。遅い。遅すぎる。それで当たるはずがない。

練習が足りない。思考が足りない。自意識が足りない。空を、想《おも》い足りない。

「そんな、お遊びが当たるものかぁ！」

コクピットの中、操縦桿を握るルサルカが吠《ほ》える。全身に加速のGが圧し掛かるが、そんなものへの意識は一切皆無。ただ、複眼を睨《にら》みつけ、上昇する。

そのルサルカを狙い、放たれる光弾が追いつけない。狙いを外れた光弾が、巨大な壁となったセカンダリー・ピラーの胴体へ次々と着弾、巨軀《きょく》を衝撃が貫く。

「――――ッッ」

痛みがあるのか、怒りを感じるのか、セカンダリー・ピラーが奇声を上げた。

本来、その外見のモデルとなったカマキリは鳴き声など上げない。そうした意味でも、セカンダリは逸脱してしまった。――その、報いを受ける。

「第二波、今――っ!!」

『う、あああぁ――!!』

ルサルカの合図に従い、再び、ワルキューレ隊の一斉攻撃が放たれた。

十数秒前まで、ルサルカに追従していたナタリーたちが後続を離れ、代わりに空へバラ

バラに展開し、深紅の英霊機へ集中していた複眼を撃つ、撃つ、撃ちまくる。

胴体をターシャリの同士討ちに、複眼をワルキューレ隊の総攻撃に撃たれ、セカンダリー・ピラーは完全にルサルカを見失った。

——その鼻先を、あえて挑発的に横切って、わざと相手の視界へ映り込んでやる。

それを見て取り、セカンダリは縋《すが》りつくように大鎌を振り上げた。遅れて振り下ろされる一閃が、ルサルカと、周囲のターシャリをまとめて——、

『——アルマ・コントーロ！』

その瞬間、通信越しにアレハンドロの声が、戦場の直上で待機していたアルマを呼ぶ。

そして、アルマの操るランカスターが急降下——グランドスラムが投下される。

「————」

ゆっくりと、月を隠すように落ちてくる地震爆弾。およそ、地球上に存在する火力兵器の中で、核兵器に次ぐ破壊力を有する一撃が、セカンダリへ迫り、消える。

セカンダリを火力範囲に捉える寸前で、空間の歪みに呑《の》まれるグランドスラム。

これが都市や基地の周辺へ落ちた場合、一巻の終わりだが——、

「——チェック」

『——チェック』

ルサルカと、アレハンドロの言葉が偶然にも重なった。

直後、消えたグランドスラムが空間の歪みを通り抜け、現出する。その新たな出現箇所は、セカンダリー・ピラーの腹部中央。

皮肉にも、そこはナタリーが銃撃し、味方への被弾が発生した位置だ。

そのフレンドリーファイアから、空間の歪みの位置を特定し、そこへ爆弾を投下した。

つまり、全ては――、

「手札の見せすぎが、あなた方の敗因です」

言い切るルサルカが、セカンダリー・ピラーの制空圏を逃れるのと、後方で赤い光が膨れ上がるのはほとんど同時だった。

――凄《すさ》まじい爆炎と爆風、爆音が夜の空を席巻《せっけん》し、セカンダリを呑み込む。

「――――」

地獄もかくやと言わんばかりの炎が上がり、セカンダリー・ピラーはもちろんのこと、その周辺にいたターシャリ・ピラーも爆炎の中に取り込まれる。

破壊の衝撃は全てを一気に平らげ、地球上で最も過激な花火が夜空を飾った。

そして、爆炎と黒煙が風に晴れれば、そこに見えるのは――、

『まさか……』

黒煙の中、浮かび上がるシルエットを見たナタリーの声が聞こえる。その声に驚愕と失意が混ざっていたが、それは責められない。

よもや、これほどの威力を加えて、それでも倒せないなどと。

「──いえ、これは」

『ルサルカ！　ぶつけろ!!』

首を横に振った直後、乱れた通信の声がアレハンドロの命令を投げ込んでくる。それを受け取り、ルサルカは短く息を吐くと、

「征《い》く──！」

反転し、真っ直ぐ、黒煙の中のシルエットへと突撃する。

ぐんぐんと近付く黒い煙、その奥になおも巨大なセカンダリー・ピラーの影が見え隠れしている。その全形は見えないが、次の動きは奇跡的に見えた。

下から振られる大鎌が、黒煙を縦に切り裂いてルサルカを狙った。これまで、振り下ろすか、横薙《よこな》ぎにしかしてこなかった大鎌の新たな一面だ。

しかし、それは敵の攻撃パターンの変化ではない。やむにやまれぬ行動だ。

「──見えた」

縦に割られた黒煙の向こう、グランドスラムの一発を浴びたセカンダリが見える。

その緑の外殻のあちこちに亀裂が走り、爆破に巻き込まれたターシャリの変化した若木

を全身に生やした、まさしく満身創痍《まんしんそうい》の状態だ。

五対十本あった大鎌も六本が失われ、二本で崩れかけた自分の体を支えている。傾《かたむ》いた姿勢、それ故の真下からの一撃。それも、当たらなかった。

颪を巻いて、ルサルカが一気に距離を詰める。秒で彼我の距離が消え、巨体が迫る。

「あ、あああああ――っ!!」

気付けば、ルサルカはいつしか、いつかのように叫んでいた。

己を奮い立たせるためか。――否、そうではない。魂が、吠《ほ》えろと訴えかけている。

この、不条理の侵略者へと、人類の牙を突き立てろと、魂が、覚悟が、命が、翼が。

翼を負いし、ワルキューレとしての本能が、叫ぶ。吠える。猛《たけ》り狂う。

そして、目の前にセカンダリー・ピラーの、感情のない複眼を捉えて――、

「――ふ」

機首を上げて、スピットファイアが急上昇。その急変についていけない後続のターシャリが、外殻のひび割れたセカンダリへと次々と激突する。

玉突き事故のように連鎖する衝撃が、ついにはセカンダリの外殻を打ち砕く。

――そして、人類はそれを目の当たりにした。

「セカンダリー・ピラーの内から、光の玉……？」

眼下、地上へ置き去りにしたセカンダリー・ピラーの中央から、眩《まばゆ》く輝く光の球体が浮

かび上がるのが見える。中に、巨大なコインのようなものを孕《はら》んだ球体だ。

それがいったい何なのか、ルサルカにはーー否、ワルキューレにはわかった。

あれが、ピラーの急所だ。あれを打ち砕くことが、ピラーとの戦いの勝利条件だと。

そして、ルサルカたちを嘲笑《あざわら》うように、光の球体はうっすらと、空間の歪みの中へ溶けて消えて、この戦いを茶番へ変えようとーー、

『ーーそんなこと、許すと思いますの⁉』

その、セカンダリー・ピラーの恐るべき逃亡を、ナタリー・チェイスは許さない。

セカンダリへ突っ込んだルサルカ、それを遅れて追っていた彼女だけが、表出したピラーの急所へと迫れる位置にいた。

ルサルカと色違いのスピットファイア、ナタリーの英霊機の機関砲が火を噴く。

瞬間、撃ち出された銃弾が光り輝く球体へ喰《く》らいつき、容赦なく嚙《か》み千切った。

「ーーーー」

光が膨れ上がり、銃撃を浴びた球体がひしゃげ、ついには形を保てなくなる。それが痛恨だったと表明するように、セカンダリー・ピラーが奇声を上げた。

そして、奇声の響き渡る戦場で、驚くべき光景が展開する。

『ピラーが』

通信越しに、いったい誰が言ったのかわからない呆然《ぼうぜん》とした声だった。

しかし、それが誰の声だったのか、それを突き止める必要はない。誰にも、そんな余裕はなかった。ただ、その視線を一点へ、彼方《かなた》に突き立つ光の柱へ向ける。

その光の柱が、セカンダリー・ピラーの断末魔に合わせ、輪郭を失い、ほつれていく。壊れる。砕ける。バラバラになって、光が掻《か》き消える。

それはつまり、ピラーの完全敗北と――、

『――喜べ、諸君』

断末魔を上げるセカンダリが、声なく消滅していくターシャリが、ガラスがひび割れるように脆《もろ》く、儚《はかな》く終わっていく光の柱が、ある。

それを目の当たりにしながら、強い、強い声が、通信越しに将兵たちへ訴える。

声は、言った。

『――俺たちの、人類の、勝利だ!!』

「――っ！」

その宣言を受けて、ルサルカは目を見開いて、拳を固めていた。

そして、胸の内から込み上げる感情のままに叫ぼうとして、

「――――」

わっ、と広がる歓声が、ルサルカの喜びを塗り潰して、地上の至るところから上がる。

――否、声は地上だけではない。空も、同じだ。

飛行隊が、ワルキューレ小隊が、空にいる全員が一斉に声を上げている。

地上と空とで歓声が混ざり合い、それは勝利の凱歌《がいか》となった。それらの中で、断末魔の悲鳴が途切れ、セカンダリー・ピラーの姿形が完全に失われる。

そして、崩れた光の球体が内側から食い破られ、若木が——それも、ターシャリを倒したときとは比較にならない、巨大な大樹が地面へ突き立った。そのまま、大樹の周辺に過剰な生命力が分配され、緑が、花が、大地の息吹が回帰する。

それはきっと、人類が初めて見る景色だった。

「エイミー……」

サード・ワルキューレが台頭し、小規模の戦場の勝利はこれまでにもあった。だが、出現したピラーを打ち倒し、光の柱が倒れたのはこれが初めてだ。

——少なくとも、エイミー以外に、これを成し遂げたワルキューレはいなかった。

「—— Valkyrie」

ふと、誰かの熱に浮かされたような声が聞こえた。

通信機越しに、ではない。それは地上から、大勢の声の塊となって届いた。

はるか遠くの地上から、夜空を行くワルキューレたちを見上げ、人々が声を上げる。

『—— Valkyrie. Valkyrie』

今度は通信越しに、司令部からの呼び声が、ルサルカの鼓膜を確かに打った。

「――Valkyrie. Valkyrie」

「Valkyrie. Valkyrie, Valkyrie……！」

かつて、ルサルカはこの呼び声を、ワルキューレではなかった頃に聞いていた。

どこか空しい心地で、自分と違い、悠然と空を行くエイミーを見ながら。

今、ルサルカにとって、この声はどうだろうか。

「――Valkyrie！　Valkyrie！　Valkyrie！」

「――――」

静かに息を呑《の》み、戦いが終わる。

人類を水際へ追い込む、未曾有の事態へ突入しかけたピラーの一大攻勢。

それを退け、史上二度目のセカンダリー・ピラー撃破を成し遂げた、記念すべき日。

――後に、『戦翼の再来』と呼ばれる戦いが、幕を下ろした。

第四章『シグルドリーヴァ』

1

「勲功一位はナタリー。最後、ピラーにトドメを刺した」

「いいえ、一番手柄はアルマさんでしてよ。アルマさんのグランドスラムがなければ、セカンダリー・ピラーの急所は露《あら》わになりませんでしたわ」

「ナタリー」

「アルマさんですわ！」

そう言って、二人の少女——アルマとナタリーの二人が睨《にら》み合い、火花を散らした。

場所はハンブルク基地の司令室、昨日の戦いの余韻も色濃く残った基地の中だ。

激戦を生き残り、休養を命じられて泥のように眠った少女たち。翌日、司令室に呼び出されて集まったところ、冒頭の言い合いが発生した。

加熱する少女たちの言い争いだが、傍目《はため》には珍妙なやり取りである。なにせ、互いに勲功を押し付けあっているのだから。

「おかしなもんだ。普通、手柄ってのは取り合うもんだろうに」

「それも、いささか偏った意見の気がしますが……」

頬杖《ほおづえ》をついて、楽しげに少女たちの言い合いを眺める伊達男《だておとこ》――アレハンドロの発言に嘆息して、ルサルカは隣のアルマとナタリーを見る。

それから、彼女は空色の瞳を鋭くすると、

「二人とも、いい加減にしなさい。ここをどこだと思っているんですか」

「――――」

ルサルカの厳しい叱咤《しった》を受け、アルマとナタリーの言い合いがピタリと止んだ。そのまま、こちらへ振り返る二人に頷きかけ、ルサルカは続ける。

「あなた方はサード世代……速成教育なんて言葉も生温《なまぬる》い、真に中途半端な教育状態で戦場へ送られたことは一考に値します。ですが、それでも目に余る態度ですよ」

「う、ぐ……っ」

「辛辣……」

誠意を込めて注意したルサルカに、二人が頬を硬くする。

さすがの二人も、自分たちがいかに場違いな言い争いを続けていたか気付いたらしい。

が、そんなルサルカの納得を余所《よそ》に、アレハンドロはますます笑みを深めた。

「やれやれ、本気で空気が読めてないのは誰なのやら、だ。まぁ、ワルキューレが問題児揃いってのは有名な話だ。今さら、俺も気にしやしない」

「――？　なんだか、釈然としない物言いに聞こえましたが」

「釈然としておけよ。話が進まなくなると面倒だ。お前の相手はあとでしてやるから」

その言い方も釈然としなかったが、一応は上官の命令だ。渋々と、従っておく。

ルサルカの不承不承とした態度が伝わったのか、アレハンドロの笑みが苦笑となった。

「あのー、それで、私たちはなんで呼ばれたんでしょうかー？」

と、黙り込んだルサルカに代わり、小さく挙手したのは髪を二つに括《くく》った少女。アルマほどではないが、幼さを残した愛らしい顔立ちをしている。

彼女もまた、今回の戦いでワルキューレ隊として奮戦した中の一人だ。

その少女のシンプルな問いかけに、ルサルカも内心で同意する。――この場に集められたのは、昨日、空を飛んだワルキューレ小隊の顔ぶれのみ。

それ以外で部屋にいるのは、昨日の戦いで司令代理を務めたアレハンドロだけだった。

「正直、まだ疲れが残っていて眠いのでー、体調は万全にしたいのですがー」

「おいおい、豪胆な奴がいるもんだな。代理だが、一応は司令官の前なんだぞ？」

「司令官が、人を超えた存在とかなんでしたら、ちゃんと驚きもしますけどー」

おっとりとした態度で、アレハンドロの言い分を撥《は》ね除《の》ける大物ぶりを発揮する少女。

その態度を気に入った様子で、伊達男は「は」と息を吐くと、

「緊張とかじゃなく、堂々としたもんだ。気に入った」

「機体もボロボロですしー、三日連続で敵さんがきてしまったら大変ですよー？」

「おいおい、怖い想像してくれるなよ」

少女の言葉に片目をつむり、アレハンドロは肩をすくめる。それから、彼は片方閉じた瞳をルサルカへ向け、意味深に細めながら、

「ま、仮にそうなったとしても、そのときはまた、ルサルカが知恵と勇気で何とかしてくれるさ。だろ？」

「知恵と勇気の出力には限界がありますよ。酒場で二十人を相手に大立ち回りが可能な私でも、英霊機なしでは真っ当に戦えません」

「――――」

首を横に振ったルサルカ、その発言に室内の全員が目を丸くする。それらの反応を順繰りに見やり、ルサルカは自分の唇に指を当てると、

「冗談だったのですが、わかりにくかったですか？」

「自虐をネタにできるぐらい、自分の中で消化できたんなら何よりだ。さて、話を戻すとしよう。――実際、ピラーの襲撃は笑い話でも何でもない」

立ち上がったアレハンドロが、横一列に並んだルサルカたちの顔を眺める。彼は黒檀《こくたん》の机に寄り掛かると、胸の前で拳と平手を合わせ、音を鳴らした。

「二日、連続で仕掛けてきた以上、三日目がないとは言い切れない。幸い、相手は撤退したんじゃなく、討伐するのに成功してる。三連続はない、と期待しちゃいるが」

「それも、確実ではありません」

「その通り。だから、大急ぎで立て直しを図らなくちゃならない。お前たちの英霊機に関しては、整備班が急ピッチで作業に当たってくれている。けど、こっちも連日連夜の徹夜仕事に違いはない。能率は悪くなる一方だ」

「では、どうなさるおつもりですの？」

状況が好転する余地が見えないと、ナタリーが形のいい眉を顰《ひそ》めて問いかける。

しかし、アレハンドロはその問いに、待ってましたとばかりに手を打った。

「そこが問題の焦点だ。実際のところ、ハンブルク基地の基地機能をすぐに復旧することは難しい。司令部は半壊、街の壁の再建にも時間が必要になる」

「ですから、その状況をどうするのかと……」

「——前線を、押し上げる？」

「チェック」

指を鳴らして、アレハンドロが意見したアルマにウィンクをする。アルマは無反応、ルサルカも憮然《ぶぜん》となるが、ナタリーだけは違った。

彼女は、アルマの言葉にわなわなと唇を震わせ、

「そういうこと、ですの。基地の復旧には時間がかかる。ですが、せっかく守り通した土地も失えない。撤退は以《もっ》ての外となれば、道は前にしかありませんわ」

「なるほどねー。なんで、アルマちゃんはわかったのー？」

「基地が直せなくて、下がるのは嫌。なら、前だと思っただけ」

「ま、またあなたはそうやって、動物的な勘だけで問題解決を図って……」

論理で物事を詰めるナタリーにとって、直感で話をするアルマの思考は理解不能。どちらかといえば、ナタリー側であるルサルカにも気持ちはわかる。

しかし、今はナタリーへの共感より、この話題へと注目すべきだ。

「前線を押し上げる、ですか。……可能、なんですか？」

「もちろん、簡単なことじゃない。机上の空論って笑い飛ばす輩《やから》もいるだろうさ。だが、お前たちはセカンダリー・ピラーを撃破した。この功績は覆せない」

「――――」

「お前たちは、ファーストしかやり遂げられなかったことをしたんだ。上の期待……人類が期待を懸けるのに、十分な実績を挙げてしまった」

たくましい腕を組み、アレハンドロが改めてルサルカたちを見つめる。その彼の口から放たれた言葉のスケールに、ナタリーたちが息を呑んだ。

「人類の、期待……」

「これまでも、ワルキューレであるお前たちは人類の期待を背負ってきた。が、今度の期待はそれよりちと重い。ワルキューレの中でも、特別扱いだからな」

それは、字面以上に重たく感じられる言葉だった。

アレハンドロの一言に、ルサルカ以外のワルキューレたちが身を硬くする。アルマでさえ、思うところがあるように眉間に微《かす》かな皺《しわ》を寄せていた。

ましてや、使命感の強いナタリーが受けた衝撃は、生半《なまなか》なものではないだろう。

「わたくしたちが、人類の、期待を」

「ああ。どうだ、重たいか？」

「――。本望、でしてよ」

躊躇《ためら》いは一拍、それを言い切れるナタリーの強さがルサルカには眩《まぶ》しい。

雷光のような彼女の生き方は、まさしく人類の希望を背負って飛ぶのに相応《ふさわ》しい。

「――シグルドリーヴァ」

不意に、表情を引き締めたアレハンドロが聞き慣れない単語を口にした。

自分の知識の中にない単語、摑《つか》みどころのないその感覚にルサルカが眉を顰めると、アレハンドロは「悪い悪い」と肩をすくめて、

「知らないのも無理はない。これは、軍の上層部が進めてた計画の名称だ」

「上層部の計画、ですか？」

「そうだ。元々、ピラーの支配地域への逆侵攻は計画されていた。その中核を担う部隊に与えられる名前が、シグルドリーヴァ」

「――――」

その説明を聞いて、ナタリーたちは感心や、納得の表情を浮かべるだけだった。だが、ルサルカにとっては、その話はそれだけでは済まない。

すぐに理解した。――この計画が元々、エイミーたちを対象としたものだったと。

ファースト・ワルキューレであるエイミーを中心とした小隊を編制し、ピラーによって支配された土地の奪還と、プライマリー・ピラーの撃破を目的とする。

――それが、本当の『シグルドリーヴァ』だったのだ。

「この、新設の部隊の編制は俺に一任されている。上層部は奇跡をお望みだ。図らずも、俺はお前たちの協力でその期待に応えてしまった。だから、やらにゃならん」

「――わたくしは、シグルドリーヴァへの所属を希望します！」

頭を掻《か》いたアレハンドロ、その言葉にいち早く手を上げたのはナタリーだった。

顔を赤くして詰め寄り、自薦するナタリーの様子にアレハンドロはのけ反る。その、のけ反った距離を前のめりになって詰めて、ナタリーは鼻息を荒くした。

「一番手柄こそアルマさんに譲りましたが、セカンダリー・ピラーへ最後の一撃を撃ち込んだのはわたくしです。必ずや、お役に立つかと」

使命感に燃えるナタリーが、健気《けなげ》に自分の有用性をアピールする。それでも、今回の勲功一位をアルマへ譲る意志は曲げないのだから、律義な性格だ。

そのまま、彼女は背後のアルマに振り返ると、

「アルマさん！　あなたも、勲功一位なら自薦なさいませ！　わたくしたちには、わたくしたちの行動の責任を取る義務がありますわよ」

「一番手柄は、ナタリーの方……」

アルマがナタリーのお節介に、迷惑そうに顔をしかめる。しかし、彼女はすぐに表情から苦みを消すと、「でも」と言葉を続けて、

「前線にいけるなら、望むところ。……わたしも」

「そうこなくては！」

アルマが好戦的な姿勢を示すと、ナタリーも嬉《うれ》しそうに頬を緩める。これで案外、二人の距離感は友人同士のそれに近いのだろう。

潜在能力はともかく、現時点の戦力の度合い的にも、釣り合っている。

と、そうした意気込みを見せる二人に、アレハンドロは「落ち着け」と言い、

「自薦は大いに結構。お前たちの意気込みは買うさ。だが、言っただろ？　新設部隊の編制は俺に一任されてるんだ。お前たちの意気込みと無関係に、な」

「……それって」

「まさか、わたくしたちは不合格とでも……」

信じられない、と顔を青くするナタリーとアルマ、それをアレハンドロは神妙な目つきで見つめている。

しかし、そこでルサルカはこれ見よがしなため息をつくと、

「司令代理、悪ふざけは感心しません。若い二人をからかわないでください」

「ルサルカ……？」

「アルマもナタリーも、心配いりませんよ。今回の戦いの勲功……どちらが一位なのかは上の判断次第ですが、とにかく、いずれであっても外す理由がありません。シグルドリーヴァの名前には、セカンダリー・ピラーを倒した実績が必要のはず」

そうでなくては、そもそも『シグルドリーヴァ』という計画が成立しない。

本来、エイミーの名前で盛大に立ち上げられるはずだったシグルドリーヴァが、ようやく日の目を見る機会がきたのだ。

「まったく、何でもお見通しってのは据わりが悪い。隠し事ができないじゃないか」

その推論を裏付けるように、アレハンドロが頰を歪《ゆが》めた笑みを見せる。獅子《しし》が茶目《ちゃめ》っ気《け》を発揮したような態度だが、ナタリーとアルマの機嫌は傾いたままだ。

そんな年若い二人の反応に笑いながら、アレハンドロはルサルカを見やり、

「時に、お前も同意見みたいだな。今回の戦いの勲功一位が、この先のシグルドリーヴァ

の構想に欠かせないって考えは」

「それは、至極当然の考えなのでは？　むしろ、外そうと考える方が不合理でしょう。仮に私が指揮官でも、同じ判断を下します」

「だな。お前の太鼓判があると、俺としても安心する。――当事者からの意見なら、命令する側としても気が楽だ」

どこか、含みのある物言いにルサルカの意識が引っかかりを覚える。

その引っかかりの正体は、アレハンドロの視線からすぐにわかった。

「まさか……」

「いち早く、セカンダリー・ピラーの異能の正体を暴いて、軍の機能の復帰に尽力した。その後、ワルキューレ小隊を率いて、同ピラーの撃破に貢献。最後の一発こそ譲ったが、敵の急所を表出させるダメ押しをしたのは、お前の功績だ」

「――」

「上層部ともすでに話は済んでる。――今回の勲功一位はルサルカ・エヴァレスカ少佐、お前をおいて他にはいない」

アレハンドロがルサルカを見据え、あえて新しい階級と共にそう言い切った。

その、澄んだ青い瞳に自分が映り込むのを見ていられず、ルサルカは目を逸《そ》らしてしまう。だが、視線は逸らせても、要請からは逃げられない。

勲功一位は、シグルドリーヴァに加わるのが筋だと、ルサルカ自身も発言した。

だが――、

「私は、一度は翼を畳んだ身です。そんな私を、誰が……」

「――わたくしは、勲功一位、大いに納得しましたわ」

言い訳を塗り重ねようとしたルサルカへと、最初に切り込んだのはナタリーだった。

己の肘を抱きながら、彼女はルサルカから顔を逸らして続ける。

「今回、あなたが軍を立て直さなくては、被害は拡大していたでしょう。都市や基地の再建など望むべくもなく……万一ですが、敗北していたかもしれません」

「――――」

「仮に、ですのよ。あなたの案がなくても、わたくしたちは辛勝していました」

補足するように付け加え、ナタリーが頬を赤くしながら抗弁する。勝ちは譲れず、しかし辛勝と称したところに、彼女の控えめなプライドを感じた。

「わたしも、ルサルカが一番でいい」

「あー、じゃあ、私もー」

ナタリーの主張が終わると、今度はアルマと、のんびりとした声が追従する。並んで、ひらひらと手を振る二人も、ルサルカの勲功を認めてくれている。

正直、不思議な気分だった。

「私はずっと、あなた方に疎まれているものと……」

「――。もどかしくは、思っていましたわ。ですが、あなたは自力で立ち直り、英霊機を駆って勝利に貢献した。いったい、あなたの何を疎めというのです？」

「あなた方と比べたら、能力不足も甚だしいセカンドですが」

「嫌《いや》みですの!? あれだけ優雅に飛んでおいて……ああもう！ どうして、わたくしが一生懸命、あなたを褒め称《たた》えなくてはなりませんの！ もうもう！」

ナタリーが地団太を踏んで、頑《かたく》ななルサルカに頭を抱える。ハンカチがあったらうっかり嚙んでしまいそうな悲憤を見て、ルサルカはいよいよ追い詰められた。

――否、追い詰められたとは、どういう感覚なのか。

「重く感じるのは、人類の期待か？ それとも」

自問自答するルサルカに、アレハンドロが問いを発し、一度言葉を区切った。

そして、続きを切望するルサルカに、アレハンドロは続ける。

「それとも、シグルドリーヴァの名前か？」

アレハンドロの静かな問いかけに、ルサルカは短く息を呑んだ。

本当に、どこまでこの伊達男《だておとこ》は、人の心の深奥を突くのが上手《うま》いのだろうかと。

そんな益体のない思考だけが、ルサルカの唇の渇きを一時、忘れさせてくれていた。

「何を、迷う必要がありますの？ エヴァレスカ少佐、あなたは……」

「ナタリー」

返答の出てこないルサルカを見て、焦れたようにナタリーが言い募ろうとする。が、それは彼女の袖を引いて、首を横に振るアルマが引き止めた。

「ルサルカが決めること。それは」

「――っ、わたくしにはわかりませんわ」

使命感の強いナタリーには、ルサルカの躊躇いの理由はわからないかもしれない。しかし、わかろうと頭を悩ませてくれる分、彼女は善良だった。

「返答は、少し待っていただいて構いませんか？」

「ああ、待つさ。ただし、しわくちゃになるまでは待てないぞ？」

「そこまで長くはかけません。――今度こそは」

アレハンドロの軽口には触れず、ルサルカは自分の掌《てのひら》を見つめて静かに答える。

「ではー、とにかくそんな風にまとまったということでー。みんな頑張ってねー」

「他人事みたいに言ってるが、お前さんも編制に入ってるからな」

「あれー？」

手を叩いて、話をまとめようとした少女が首を傾げる。

シャノン・スチュアート。――彼女も、新生シグルドリーヴァの一人なのだと。

2

――都市の復興作業も、さすがに二日前ほど順調に進んではいない様子だった。

「いくら何でも、ですよね」

まだ、靴裏に水の感触を味わいながら、ルサルカは街並みをぼんやりと眺めている。

二日前、司令に命じられた都市の視察だったが、今回は自発的にそれを実行していた。

――あの命令をくれた、ログレブ・バークレー司令は名誉の戦死を遂げている。

あのときは、司令の命令の本質的な意味がわからなかったが――、

「自分が背後に何を負っているのか、それを自覚しろということだったのでしょう」

多くの人がそうであったように、ログレブ司令もまた、ルサルカが翼を畳んで、なおも傷付き続けることを不憫《ふびん》に思ってくれていたのだ。

だから、良かれ悪《あ》しかれ、ルサルカが動き出せるよう心を砕いてくれた。

「扱いづらい部下だったでしょうに。……今、私はログレブ司令のご期待に応えられているのでしょうか。それが、不安でなりません」

翼を畳んだ元エース、そんな立場のワルキューレを預かる負担は大きかったはず。

そんなマイナスなイメージを、自分には一切見せてくれなかった。改めて、司令の大きさを実感すると共に、背筋を正さなくてはと思う。

「あ！　お姉ちゃーん！」

と、意識的に背中を立てたところで、大きく、高い声がルサルカにかけられた。

手を振って、水溜《みずた》まりを蹴りながら走ってくるのは昨日、ルサルカが助けた少年だ。あのときはお互いずぶ濡《ぬ》れで、慌ただしく別れるしかなかったが。

「お疲れ様です。元気そうですね」

「うん、お姉ちゃんのおかげでケガもしてないよ。敵、やっつけてくれたんでしょ？」

「ええ、やっつけました。私が、勲功一位だそうです」

「わー、すごい！　クンコーってわかんないけど！」

無邪気に手を叩《たた》く少年に、ルサルカは空色の瞳を細める。

冗談のつもりだったが、言ってみて、思った以上に自分の胸にくる一言だった。少年がそれ以上、勲功について掘り下げてくる前にルサルカは周囲を見回して、

「一人ですか？　ご家族は……」

そう言いかけて、ルサルカは自分の話題選択の拙さを自省する。

しかし、そんなルサルカの内心を余所《よそ》に、少年は「あー」と頭を掻《か》いて、

「今は一人だけど、平気だよ。お父さんもお母さんも、ちゃんと戻ってきてくれたから。でも、家は潰れちゃったけどね」

「そう、ですか。……家は、残念でしたね」

「水浸しになっちゃったからねー」

悲しみ半分、開き直り半分といった塩梅《あんばい》の少年の様子に、ルサルカは目をつむる。

ひとまず、少年の家族の安否がわかってホッとした。だが、さっきの自分の発言は迂闊《うかつ》もいいところだ。――今の世界では、呆気《あっけ》なく家族を失うこともある。

二日前と昨日と、欧州軍にとっては大勝利と言って差し支えない状況だったが。

「それでも、被害は決してゼロにはならない……」

勝利に沸く軍の上層部、街の人々だって昨夜の戦いの結果を喜んでくれてはいる。その裏側にある、確かな犠牲のことは、決して表に出さないで。

「――――」

その事実に、ある種の虚《むな》しさを感じる自分を、ルサルカは傲慢だと思った。

同時に、これがエイミーの味わっていた孤独なのだとも感じる。

いくつもの戦場を勝利へ導いて、しかし、やはり世界の全ては救えなかったエイミー。壊れた街並みを、人々の営みを、目にするたびに彼女の胸も痛んだのか。それとも、彼女の心は気高く強く、折れることを知らなかったのか。

――そんなわけがないと、ルサルカは知っていたのに。

「お姉ちゃん？　どっか痛いの？」

子どもは敏感だ。大人の下手な誤魔化《ごまか》しなんて、無垢《むく》な瞳であっさり突破する。

表情に出さないようにしたルサルカの苦心を、少年は容易《たやす》く見破って心配してくれた。首を横に振って、ルサルカは少年に「いいえ」と唇を緩めた。

「心配には及びません。これは、慣れなくてはいけない痛みですから」

「……そんなの、悲しいよ。痛いんでしょ？　だったら」

微笑するルサルカを見上げ、少年の瞳が揺らめく。その瞳の色のまま、彼はルサルカの空色の瞳を真っ向から見つめて、

「痛いんなら、さすってあげるから」

「────」

「わ」

驚く少年の声、それがすぐ近くで、熱い温《ぬく》もりとなって感じられる。

心優しく、そう言ってくれる少年を、ルサルカは反射的に抱きしめていた。

情けないことだが、昨日に続いて、今日もこの少年に教えられてしまった。そして、同時に強く強く、思う。この子を、救えて本当によかったと。

こう思える機会を増やしていくのだ。一つでも二つでも、か弱い抵抗でも。

それが、ルサルカ・エヴァレスカの戦う意味なのだと。

「──ご家族を大事にしてください。あなたが、無事で本当によかった」

3

少年と別れ、しばらく街を歩いてから、ルサルカは意を決してその店に入った。入口のスイングドアを押し開くと、来店を告げるベルが鳴る。見れば、薄暗い店内、カウンターに立っている店主がこちらを見て、軽く目を見開いた。

その視線に会釈して、ルサルカは店の中に足を踏み入れる。

「ずいぶん早くから、店を開けているんですね」

「……そろそろ、夕方になる頃合いだ。外でバタバタしてる連中も一杯やりたくなる時間だよ。稼ぎ時さ」

「そうですか。お店、ご無事で何よりです」

「運がいいんだろうよ。二日前、あんたが暴れたときより綺麗にしてあるだろ？」

「すみません、それは記憶にないので」

いっそ堂々とした酒癖の悪さを披露すると、店主がやれやれと肩を落とした。それから彼は背中を向けると、カウンターにそっと一杯目を注いでくれる。

「これは……とても、ミルクに似ていますね」

「ミルクだからな。酒の飲み方がわからん奴に、おいそれと酒は出せん」

「飲み方ぐらい知っていますよ。口元に運んで、喉を嚥下《えんげ》する。以上です」

「それは飲み方じゃなく、呑《の》み込み方だ。大体、今度あんたに暴れられたら、俺一人じゃとても押さえつけられん。……あのときの、あんたの上官は大丈夫だったのか？」

「上官……」

出されたグラスのミルクを眺め、ルサルカは頼りない記憶に助けを求める。当日の夜の記憶は、相変わらず忘却の彼方《かなた》に沈んでいて、サルベージは不可能に近い。

代わりに、その後の状況から推察すれば、おのずと答えは導き出せる。

「その上官というのは、私と一緒にここから連れ出されていましたか？」

「うん？　ああ、営倉入りだったか？　そんな扱いになったって聞いたぞ」

「——。ええ、彼は無事です。今は、基地で一番上等な椅子に座っていますよ」

そのルサルカの答えに、店主は「そうかい」と小さく頷《うなず》くにとどめた。

店主の計らいに甘えながら、ルサルカはミルクに口を付ける。そうする脳裏で、おおよそ問題の夜の出来事に合点がいった。

どうして、ルサルカとアレハンドロ、二人が営倉へ放り込まれていたのかにも。

「いらっしゃい」

と、入口のベルが鳴って、ルサルカの背後へ向けて店主が歓迎の挨拶をする。

それからふと、店主は「お」と眉を上げ、

「なんだ、噂をすればだ。待ち合わせてたのか？」

「――？」

店主の言葉につられて眉を上げ、ルサルカが後ろを振り向く。すると、ちょうど酒場の入口を潜って現れたのは、長身に金髪の伊達男――。

「待ち合わせていただなんて、ひどい誤解です。私の名誉のために訂正を」

「おいおい、何の話だかわからんが、何となく俺の悪口なのは察しがつくぞ。それと、民間人を困らせるんじゃない。マスターが対処に困るだろ」

そう言いながら、その人物はルサルカの隣の席に自然と腰を下ろした。その姿に、ルサルカはこれ見よがしなため息をついて、

「オストレイ司令……」

「なんだ、景気の悪いため息なんてついて。それにしても、基地にいないと思ったら酒場に入り浸りとは……なんて将来有望な奴なんだ、お前は」

そう言って、アレハンドロはルサルカに屈託のない笑みを向けた。

「正直言って、あまり嬉《うれ》しくない見込まれ方ですね。大体、これはアルコールではありません。私は、反省ができる人間です」

「本当に？　マスターが気遣って、ミルクにしてくれたんじゃなくか？」

「……否定は、しませんが」

仮に店主がミルクを出さなくても、アルコールを注文するつもりはなかった。が、そん

な言い訳、聞く耳を持ってもらえないだろう。

なので、ルサルカは抗弁を諦め、代わりに視線を鋭くした。

「私はともかく、オストレイ司令は何故ここに？　引継ぎで大忙しのはずでは？」

「オストレイ司令って言いにくくないか？　アレハンドロでいいぞ」

「オストレイ司令は、何故ここに？」

「くっくっく」

頑《かたく》ななルサルカの態度の何が面白いのか、アレハンドロが肩を揺すって愉快げにする。

それから、彼は「いやなに」と言葉を続け、

「俺の部下は優秀だからな。引継ぎの邪魔だから、外へ出ていてくださいときたもんだ。そうなると、街の視察でもするしかない」

「その言葉と、意気揚々と酒場へ繰り出すことは一致していないのでは」

「そうか？　ルサルカ、お前の知ってる軍人ってのはこうじゃなかったとでも？」

「それは……」

アレハンドロの試すような問いかけに、ルサルカは反論に詰まった。

その微《かす》かな沈黙を答えと受け止めて、アレハンドロは悪戯《いたずら》が成功したみたいに満足げに笑う。それから、店主に指を一つ立てると、

「マスター。──エールを一パイント」

と、そう注文する。

「……慣れていますね」

「どうしても、俺を不真面目な軍人扱いしたいと見えるが、まさか返事を躊躇《ためら》ってる理由はそれじゃないだろう？　だから、俺は酒をやめない。――チェック」

「――――」

揶揄《やゆ》するような物言いに、ルサルカは憮然《ぶぜん》と押し黙った。

そうすると、店内に一時的に沈黙が落ちて、店主がアレハンドロの注文のエールを注ぐ音だけが響く。やがて、一杯のエールがカウンターに置かれて、

「――戦友に」

「……戦友に」

パイントグラスを掲げ、乾杯を求めてくるアレハンドロにルサルカは渋々応じる。乾杯の相手が戦友――死者とあれば、断れる道理はない。

何もかも相手の掌《てのひら》の上だと、ルサルカは苦い心地でミルクを舐《な》める。

「それで、実際のところ、どうだ？　決心はつきそうか？」

しばし、黙って互いのグラスを傾けていたところへ、アレハンドロが問いを投げる。

朝、司令室で話し合ってから半日。気の早いことだとも、そうでないとも言えるが。

「普通、もう少し時間をくれませんか？」

「俺も、どっちかっていえば気は長い方なんだがな。生憎《あいにく》、今回の件はそうも言ってられない。あちこち、有望株を探して飛び回らなきゃならないのもある」

「有望株……」

「人類の希望を背負って飛ぶ、シグルドリーヴァの一員に相応《ふさわ》しい、な」

「――――」

一気に半分ほどエールを呷《あお》り、アレハンドロがグラスをカウンターへ置き直した。そのグラスを伝う水滴を見ながら、ルサルカはわずかに躊躇い、

「私は、有望株でしょうか？」

「今さらだな。あれだけ肩書きがあって、まだ足りないのか？」

「自信なんて……」

「持ちようがない、か。それは性格の問題だからな。正直、俺にはわからん話だ。俺は生まれてこの方、自信がなかったことがない」

「それはそれでどうかと。自分で自分を疑うことはないんですか？」

「ない」

あっさり断言されて、ルサルカは思わず笑ってしまった。

この伊達男《だておとこ》の瞳は曇りなく、真っ直ぐに自分のやるべきことを見つめている。基地の司令代理なんて重すぎる役目を唐突に押し付けられ、それでも迷うことはない。

それどころか、『シグルドリーヴァ』を率いる、人類の最前線へ立つことにも。

「……私は到底、その境地には立てない気がします」

「他人の言葉が必要なら、いくらでもかけてやる。——お前が気付かなかったら、各部署の連携は滞ったままだった。——お前が飛ばなかったら、ワルキューレ隊の誰も欠けずに生還もありえなかった。——お前がいなかったら、セカンダリー・ピラーは倒せなかった。

——お前が勲功一位なのは、お前自身の行動の結果だ。誇っていい」

すぐ隣で、グラスを掴《つか》んだアレハンドロが美辞麗句を並べる。

ルサルカの昨夜の功績を称《たた》え、なくてはならない役割だったと褒め、お前がいてくれてよかったと背中を押してくれる。その全てが——、

「辛辣ですね」

今のルサルカには辛《つら》い棘《いばら》になって突き刺さると、そうわかっているのだろうに。

「——————」

「他人の言葉は他人の言葉だ。究極、決断は自分自身でするしかない。お前がそうできない女なら、誰かが代わりに決断してやってもいいのかもしれない。でも、お前にその可愛げはない。お前は結局、自分で選ぶ女だよ。——誰かさんにそっくりだ」

「誰かさん……？」

どこか、遠い目をしたアレハンドロ。彼の言葉の最後、遠い誰かを思った声音にルサル

カが眉を顰《ひそ》めると、彼はそれに答えず、自分のエールを一気に飲み干した。

そして、グラスを強くカウンターへ置くと、

「マスター、エールを一パイント。俺と、こいつに一杯ずつだ」

「エールって……ま、待ってください。私は飲まないと……」

「うるさい。上官命令だ。従わないってんなら、命令違反で営倉に入れるぞ」

「お、横暴すぎる……！」

声を震わせるルサルカに、アレハンドロは悪びれない顔で「へっ」と鼻を鳴らした。

一瞬、その注文に店主が難色を示したのは、ルサルカに酒を飲ませることを警戒してのことだろう。が、アレハンドロはへらへらと笑い、

「安心しな。暴れるほど飲ませやしないさ。それに、飲むかどうかはこいつが決める」

その答えに、店主がため息をついて、エールを二杯、カウンターに置いた。

パイントグラスになみなみと注がれた酒を見て、ルサルカは小さく喉を鳴らした。

「飲むかどうかは、私が決める……とは？」

「言葉通りだよ。さっきは命令なんて言ったが、従うか背くか、お前が選べ。飲むか飲まないかも、お前が選ぶんだ。……人生ってのは選択の連続だな、ルサルカ」

「――――」

「何をするにも、選ぶ必要があるのさ。たまに、『選ばない』を選んだなんて小賢《こざか》しいこ

とを言う奴もいるが、それは選んじゃいない。俺に言わせれば、選ぶってのはやっぱり、自分の考えで摑《つか》み取ることだ。失うばかりなら、選択の意味がない」

グラスを前に、硬直するルサルカに言って聞かせるアレハンドロ。彼も、ルサルカの選択を待つつもりなのか、グラスに手をつける素振りも見せない。

ただ、刻々と過ぎる時間、グラスの縁をなぞるように、水滴が伝っていく。

そうして、息遣いだけが支配する沈黙の中、ふと、ルサルカは気付いた。

「……これは、もしかして、営倉の続きですか？」

「そうだな、悩み相談だ。もっとも、あのときと違って、俺たちはより親密にお互いのことを知ってしまったわけだが……」

「その言い方は不適当です。昨日の時点で、オストレイ司令は私のことをご存知《ぞんじ》でした。それと、個人的には不愉快な物言いでした」

「付け加えた言葉で傷付けてくれるなよ」

苦笑、それからアレハンドロが指でカウンターを軽く叩《たた》く。何度か続くそれが、ルサルカの心音と同じリズムで、やけに心地よく感じる。

「ルサルカ、街を見て回って、どう思った？」

「どう、ですか？　……やはり、ピラーの爪痕は深いと、そう思いましたが」

「だな。だが、人間は強い。そうも思えなかったか？」

復興と、立て直しを図る人々の姿を見て、たくましさを感じたのは事実だった。

ルサルカは黙り込む。アレハンドロは静かに青い瞳を細めて、

「シグルドリーヴァとして各地を転戦するなら、きっと、何度も今日と同じ光景を目にすることになる。──達成感も、無力感も、同じだけ味わうことになるだろう」

複雑なルサルカの心中を言い当て、アレハンドロが言った。──否、それはルサルカの心中を言い当てたのではない。たぶん、彼も同じなのだ。

守れた達成感と、守り切れなかった無力感を、彼も等しく感じている。

──その横顔に一瞬だけ、エイミーの顔が重なって見えた。

「──っ」

ぐっと、強く奥歯を噛《か》みしめた。そして、ルサルカは目を見開くと、正面にあるグラスを力強く摑み、それを一気に口へ運ぶ。

エールの、痺《しび》れるような喉越しが全身を貫いて、アルコールが体内へ入り込んだ。息苦しさを味わいながら、ごくごくと、音を立てて嚥《えん》下《げ》する。

やがて、パイントグラスを空にして、ルサルカはグラスをカウンターに叩き付けた。

そして──、

「──私はかつて、言ってはならないことを、言いました」

そう、長く長く、抱え続けてきた後悔の、その原点を、言葉にした。

4

『——聞かせて？　あなたの、全部』


そう、エイミーに促されたときのことは、今でも鮮明に思い返せる。

あの瞬間から時が止まってしまったかのように、何度も、何度も、この瞬間が過《よぎ》る。

毎夜、夢に見た。目を閉じれば、瞼《まぶた》に彼女が浮かんだ。

基地の自室で、寝台に座ったエイミーと向かい合い、微笑む彼女を見下ろしていた。

エイミーと一緒に飛んではくれないかと、当時の上官に打診された夜だ。ルサルカはそれを拒否して、全てをわかった顔をしていたエイミーと相対した。

——決定的な瞬間ですら、微笑みを絶やそうとしなかった、エイミーと。


「元々、彼女は私に会いたくて、あの基地へきたと言っていました。私が、『戦翼の日』に出撃し、生き残り、ワルキューレとなった唯一の人間だからだと」

初対面のとき、人懐っこい笑みでルサルカへ駆け寄ってきたエイミーが思い出される。

ルサルカに基地の案内をせがみ、色々と話したがっていた年頃の少女の姿が。

何度となく、エイミーには振り回された。

彼女は奔放で、自由気ままで、いつだってルサルカにない発想の持ち主で、一秒だって大人しくしてくれてはいなくて、手を引かれるルサルカは大いに困らされた。

そんな風に自分の手を引かれた経験なんて、それこそ家族との経験まで遡らなくては見つからないぐらい、ルサルカには縁遠いことだったから。

「きっと、歩み寄ろうとしてくれていたことに嘘はありません。彼女が、私を疎んでいたということも、おそらくない。彼女はいつも、真剣《まなざ》だったから」

コクピットの中で、放たれた矢のように鋭い眼差しの彼女が思い出される。

地上では何の変哲もない普通の少女が、空へ舞った途端に侵略者にとっての死神に変わる。その実力と変貌に、何度も驚かされたものだ。

その姿に、面と向かっては言えなかったが、憧れてもいたと思う。

誰よりも悠然と空を行く彼女の姿に、全てのワルキューレが——否、ワルキューレだけではない。空を焦がれる全てのものたちが、彼女に憧れていた。

「彼女は、隊の同僚たちとも親しくしていて、見ていて微笑ましい関係でした。立場は複雑でしたが、友人関係だったと、そう言えるでしょう」

セネアが、ヴィクトリカが、カナンが、それぞれの距離感でエイミーと接していた。

保護者、友人、姉のような関係性。そこにも偽りはなかった。

適度な距離を保つようにとルサルカが注意しても、同期のワルキューレである彼女たちはのらりくらりと躱《かわ》してしまう。それでエイミーと結託された日には、ルサルカは何にも言えなくなって、そんな様子をセネアが遠くから楽しそうに見ていて。

その関係が本物だったから、彼女たちはエイミーに最後の戦場まで同行したのだ。

ルサルカが同行できなかった、最後の戦場にも――。

「上官からの打診があったとき、即答できませんでした。やはり、今と同じように保留にしようとして、でも、命令ではないと言われて、すぐに答えが出た」

命令なら、仕方ないと従おうとしていた。しかし、命令ではないと言われて、ルサルカの答えはすぐに出た。――仕方ないと、従おうとしていた時点で明白だ。

「私は、エイミーと一緒にいきたくなかった」

彼女自身を、好ましく思っていたのは本当だった。

彼女との会話を楽しみ、価値観に驚かされ、実力を間近にするのは勉強になった。

そこに嘘はない。だが、エイミーとはいけなかった。

「……それは、どうしてなんだ？」

ふと、黙って話を聞いていたアレハンドロが、先を促すように問いを発した。

ルサルカは渇いた唇を舌で湿らせ、続く言葉を自分の内側に探して――、

「どうして、エイミーと……ファーストと、一緒にいけなかった？」

「それは……」

「――――」

「――私が、ファースト・ワルキューレを、憎んでいたから」

はっきりと、ルサルカは自分自身の罪を、あの夜の、エイミーとの対話を、思い出す。

ずっと、言わずにおこうと胸に留《とど》めていた想《おも》いが、ゆっくりと溢《あふ》れ出る。

あの夜、寝台に腰掛けたエイミーに、同じ言葉を投げかけた。

どうしてと聞かれて、ルサルカは答えた。――ファーストが、憎いのだと。

「……お前は、『戦翼の日』の生き残りだ。あの、ファースト・ワルキューレが実力を示して、人類が反撃の狼煙《のろし》を上げた戦い。その、生き証人の一人のはずだ」

「はい」

「そのお前が、どうしてエイミーを憎む？　こう言っちゃなんだが、遠回しな自殺願望とは無縁だろ。まさか、死ねなかったことを憎んでるとも思えない」

アレハンドロの見立ては正しい。ルサルカは、死にたいと思ったことは一度もない。

それに、『戦翼の日』に死んでいればよかったと、そう思ったわけでもない。

ただ、あの日、たった一人になったと思われるほど、静寂の空――あの場所で、颯爽《さっそう》と空を舞う黄金の翼に、思ったことが、あった。

それは――、

「――どうして、あとほんの少しだけ、早く、駆け付けてくれなかったんですか？」

それが、あの日、空で一人きりになったルサルカの胸を支配した想いだった。

そしてそれは、決して言ってはならないことだった。

それだけは絶対に、口にしてはならない思いだった。

だってそうだろう。どうして、そんな無体なことが、無情なことが、無慈悲なことが、無神経なことが、言えてしまうというのか。

懸命に、力を尽くして、零《こぼ》れ落ちる命を救おうとしてくれたエイミーに、何故、そんなことが言える。何故、もっと早くきてくれなかったのかと。

ロイが、ハリスが、マレーンやエドが、死んでしまう前にきてくれなかったのかと。

気のいい仲間たちだった。もちろん、悪いところもあった。

ロイは女性関係がだらしなくて、ハリスは三日は同じ靴下を履き続ける。マレーンは料理の好みがうるさくて、エドは潔癖で几帳面《きちようめん》だった。

だが、彼らは女であるルサルカを見下したり、差別することもなかった。仲間の一人として受け入れ、互いの命を預け合い、一緒の空を飛んでくれた。

その彼らがいなくなり、一人きりになった空で、ルサルカは思ってしまったのだ。

「わかって、いたはずでした。有名な話です。あの日、エイミーは出撃を止めようとする周囲を振り切って、駆け付けてくれたんだと」

多数のピラーが出現し、戦場は人類にとって絶望的な戦況に陥っていた。そんな中、貴重な戦力であるエイミーを守ろうとする判断は当然だ。

しかし、エイミーはそれを振り切り、戦場へ駆け付け、多くを救った。

その、救われた中の一人がルサルカだった。なのに、当のルサルカが言ったのだ。

――何故、もっと早くきてくれなかったのかと。

「彼女は、私たちを救ってくれたのに」

一瞬だけ、過った。

ルサルカの本音が聞きたいと、堂々と寝台に座る年下の少女。その青い瞳を見つめ、きっと地上で一番情けない、最低の文句を言った瞬間、確かに過った。

罪悪感でいっぱいで、いつもだったら絶対に目を逸《そ》らしていたはずなのに。

ルサルカは、エイミーを見ていた。そして、見てしまった。

――人類の命運を背負い、一度も辛《つら》い顔を見せなかった彼女の、悲しみを。

『ごめんね』

と、そう謝ったときには、その悲しみは幻のように掻《か》き消えていた。

でも、謝らせてしまった。何も悪くない少女を。何一つ、謝る理由のない彼女を。

期待を、裏切ったと思わせてしまった。

あの戦場を生き延びて、同じ空を飛ぶことができた、唯一の存在。

ルサルカだけは絶対に、エイミーを、傷付けてはいけなかったのに。

「あの夜を最後に、エイミーとは話をしていません。彼女が何を思っていたのか、私にはわからない。……いつか、また話せたらと、思って」

しかし、その機会は奪われた。永遠に。

わかっていたはずだった。戦友たちを大勢亡くした、『戦翼の日』で。

今日、話した相手と、明日も会える保証など一つもないのだと。

「その私が、かつてエイミーがいたのと同じ場所に？　そんなこと……」

「──とてもできない、か？」

声に嗚咽《おえつ》が混じるルサルカを、アレハンドロが静かに遮った。彼の言葉に、ルサルカは何度か呼吸して、頷《うなず》く。

今日、壊れた街並みと、そこで営みを続ける人々を見て、特にそう思った。

エイミーの見ていた景色を見て、自分が壊したものの大きさを、痛感した。

だから、ルサルカは──、

「罪滅ぼしのために飛べとは言わん。エイミーも、そんなこと望まないだろうからな」

「……オストレイ司令は」

「エイミーのことを、ご存知、なんですか？」

「うん？」

遅れてやってきた疑問を、ルサルカはようやく口にする。

ここまでの会話で、アレハンドロの口から何度もエイミーの名前が語られた。それが、彼女を知らない人間のニュアンスに思えず、確かめずにはおれなかった。

その問いかけに、アレハンドロは自分の頰を搔くと、

「おいおい、俺がなんで『ラミアの奇跡』なんて起こせたと思ってる？　あの戦いの中、エイミーと、その仲間が殿《しんがり》を務めてくれたからだろ？」

「――――」

当然のように、そう言ったアレハンドロにルサルカは顔を伏せた。

彼の言う通り、それは当然のことだった。

アレハンドロの代名詞である『奇跡』は、セカンダリー・ピラーの襲撃を受けた都市から、大勢の市民を避難させるのに成功した功績によるものだ。

そして、その戦いこそが、エイミーやセネアたちが戦死した戦い。――軍が、悲報を覆い隠すために、殊更に大きく作り上げられた虚構の栄光。

アレハンドロ・オストレイは、作り上げられた幻想の英雄だった。

「だが、幻でも構わんさ。――俺は、戦うための力を得た。シグルドリーヴァを」

「――――」

「本当は、もっと早く、お前に会いにくるつもりだったんだよ。ただ、英雄扱いとなると小回りが利かなくてな。ログレブ司令が呼んでくれて、ようやくこられた」

「司令が……。いえ、それより、私に会いにくるつもりだったとは？」

それこそ、エイミーが最初にルサルカに話しかけてきたときのことが思い出される。

そんなルサルカの考えを肯定するように、アレハンドロは「ああ」と頷くと、

「エイミーからの伝言を預かってる。伝言ってほどのもんじゃないか。あいつと話す機会があってな。お前のことを心配してた」

「エイミーが、私を……？」

「直接、顔を合わせて話ができなかったのは、何もお前さんだけじゃなかったのさ」

思いがけないメッセンジャーに、ルサルカの総身が凍り付いた。

エイミーが、何を言ったのか。残したのか。聞くのが怖い。

しかし――、

「聞かないって、選択することもできるぞ？」

「……ですが、あなたは話すことを選択する。違いますか？」

「違いない。本当に、お見通しじゃないか」

悪びれない態度で、アレハンドロがルサルカの心に触れてくる宣告をする。

今さらだが、気付く。最初の印象、獅子《しし》のように思われたそれが正しかった。

親しみやすい態度で振る舞うアレハンドロは、その実、獅子のような気性の持ち主だ。

決して甘さは見せず、勇壮で、周囲の人々にもそうあってほしいと願っている。

その上で、手を差し伸べ、引き上げることを躊躇《ためら》わない。

どことなく、孤高であったが、エイミーと性根の部分で近いのかもしれない。

だから、ルサルカの話を聞くぐらいに、彼女と親しくしていたのだろうか。

「エイミーは話してたよ。置いてきた、ルサルカって子がいた。気難しくて、素直じゃなくて、でも真っ直ぐで。それ、矛盾してないかって性格だが」

「――――」

「誰も言ってくれなかったことを言ってくれた、親友だったたって」

「――ぁ」

それが、どんなに手酷《てひど》い言葉であっても、正面から受け止めるつもりでいた。

そうすることが、せめてもの贖罪《しょくざい》なのだと。

「――ひぅ」

どんな言葉がきても、毅然《きぜん》と受け止める。

そんな覚悟が、一秒も持ちこたえられない。

ボロボロと、ルサルカの大きな瞳から、熱い雫《しずく》が溢《あふ》れ出した。拭っても拭っても、手の甲を伝い落ちる雫は、決して尽きることがなく。

「怒っちゃいなかったさ。悲しんだのも、引きずってなかった」

「う、ふっ……」

「だから、それを負い目に思うことはないんだ。俺が保証する」

「あ、あなたの、保証に……何の、意味が……っ」

「泣いてるくせに、口の減らない奴め」

泣きじゃくりながら、悪態をつくのはやめないルサルカに、アレハンドロが笑う。

笑ったまま、彼はルサルカを慰めようとしなかった。

「――――」

慰めの目的が泣き止ませることにあるなら、彼の行動は正しかった。

泣き止む必要のない涙もある。

「マスター。エールを一パイント、お代わりだ」

「――――」

「こいつの分も、頼むよ」

泣きじゃくるルサルカの隣で、エールのお代わりを注文するアレハンドロ。

最初から最後まで、唯一、二人の会話を傍観していた店主は、小さく吐息をつく。

そして、新しいパイントグラスに、二人分のエールを注ぎ始めるのだった。

5

「あ」

正面、ルサルカの姿を見つけて、黒髪の女性が足を止めていた。

基地内、宿舎の中にある私室に向かっている最中だった。足を止め、自分を見る相手に
当然見覚えがある。——ミシェルだ。

頭に包帯を巻いて、片腕を吊《つ》った痛々しい彼女の姿にルサルカは息をつく。

「ミシェル、ケガの具合は？」

「……幸い、この程度で済みました。コンソールの位置に救われた形です」

頬を硬くして、ミシェルがそう答える。

セカンダリー・ピラーの攻撃時、半壊した司令部にいた彼女が助かったのは奇跡のようなものだ。ログレブ司令含め、半数以上の人間が犠牲になった。

すぐ隣で作業していた同僚が亡くなって、その記憶は彼女を苛《さいな》んでいるだろう。

もし、ルサルカが司令部にいたとしたら、やはり命があったかはわからない。

「でも、それを運が良かったと、そう思える性格ではありませんね」

「当然です。あなたは……」

そこまで言ったところで、ミシェルが切れ長な瞳をわずかに細める。彼女はほんのりと

表情を硬くして、ルサルカの顔に注目すると、

「……目が赤いですね。泣いていたんですか？」

「あ、いえ、これは」

「今、外から戻ってきたようですが、街の方に視察に？　だとしたら、そちらで心無い言葉を投げかけられでも……」

「――。いっそ、そうされる方がずっと心が楽になるのですが」

ルサルカの言葉に、ミシェルも心当たりがある顔つきで目を伏せる。

被害を受けた街の人々が、ルサルカや基地の人間に行き場のない怒りをぶつけてくれるなら、ルサルカたちも自分の力不足を憎むこともできる。

しかし、あの家をなくした少年や、酒場の店主だけに限らない。

街の人々はルサルカにも、アレハンドロにも、誰にもそうした負の感情を投げつけようとはしてこなかった。感謝と称賛、それらにルサルカは弱い。

少なくない死者と犠牲を払いながら、それでも前を向く人々からのそれは、特に。

「ですから、これは民間人の方々とは無関係ですよ」

「ですが、私の知る限り、エヴァレスカ少佐がそんな風に涙を流すことは……」

「これは、オストレイ司令に泣かされたものです」

まだほんのりと涙の名残を感じる眦《まなじり》に指をやり、ルサルカは簡潔に報告する。

酒場でアレハンドロから聞かされた話や、彼に涙ながらに吐露してしまった胸中の後悔に関しては、恥ずかしさと情けなさから人に打ち明けるつもりはない。

知っているのはアレハンドロと、場に居合わせてしまった酒場の店主の二人だけだ。

「なので、ミシェルも気になさらないでくださ……ミシェル？」

と、そう涙の話を切り上げようとしたところで、ルサルカは押し黙っているミシェルの様子を訝《いぶか》しんだ。

怜悧《れいり》な美貌を硬くして、ミシェルは自身の泣きボクロに指で触れながら、何事かルサルカの言葉を吟味している。

「オストレイ司令が、エヴァレスカ少佐を泣かせた、ですか」

「――？　ええ、そうですが」

「いくらか追加で聴取したいことが出てきましたが、『奇跡の立役者』も評判通りの人格者というわけではない、ということでしょうか」

「あなたがどんな印象を受けていたのかはわかりませんが、オストレイ司令が型破りで、非常識な軍人であることは疑いの余地がないのでは？」

「……それは確かに」

ルサルカの見解を聞いて、これも思い当たる節があったのかミシェルが頷《うなず》く。

ミシェルの反応からして、アレハンドロの態度は誰に対しても変わらないらしい。それはそれは困った司令官だと、ルサルカは改めて彼に呆《あき》れてしまう。

ただ――、

「泣いて、すっきりしました。……ずいぶん長く、泣くこともできなかった」

「――。それは」

「ええ、はい」

ミシェルの、問いかけとも言えない問いかけにルサルカは頷いた。

このハンブルク基地にくる前の、部隊を率いていたルサルカを知る彼女には、ただそれだけの動作で伝わったはずだ。

ルサルカが誰のために涙を流し、誰のために酒杯を掲げたのか。

「司令の檄《げき》がなければ、私は泣くことも、戦うこともできなかった。それは確かです」

「……では、英霊機を飛ばせたあなたは、今後どうするのですか？」

「――――」

傷を負い、自分自身の痛みと戦いながら、ミシェルが問い質《ただ》すのはルサルカの考えだ。

そう尋ねられ、ルサルカは考える。

たぶん、今夜のことがなかったら、答えに詰まっていただろう。

でも、今は――、

「オストレイ司令の、シグルドリーヴァ構想。あなたは、その一翼に……」

「――私は、これからも飛び続けます」

「あ……」

前のめりになろうとしたミシェル、その細い肩をそっと押さえて、言い切る。

息がかかるほどの距離で、ルサルカの空色の瞳をミシェルの黒瞳が捉えた。そして、息を呑《の》むミシェルに、ルサルカは続ける。

「私が、シグルドリーヴァの一翼です」

「――――」

そう、はっきりと自分に任じ、言い放つことで覚悟を後押しする。

ひどいことを言い、そのことを後悔して、悔やみながら翼を畳んで。それでも、空は変わらずそこにあって、翼は広がる時を待っていてくれたから。

「……やっと」

ふと、気の抜けるような声がして、ルサルカは驚いた。

掠《かす》れた、安堵《あんど》の息だった。それを吐いたのは、他ならぬ、ミシェルだったから。

彼女は目尻を下げて、冷たく、凍り付いた表情を氷解させ、目を伏せる。

「やっと、戻ってきたのですね。ルサルカ・エヴァレスカ」

「――だいぶ、お待たせしてしまったようで」

「そう、ですね」

ルサルカの返答を受け、一度、ミシェルが口元をわずかに緩める。しかし、微笑はすぐに消えて、彼女は後ろへ下がり、ルサルカと距離を取った。

それから、その隣を抜けるようにして廊下を歩き始める。

まるで、話はこれで十分だと、そんな風に態度で示すみたいに。

「ミシェル、一つだけ」

「……なんですか？」

「以前のように、私のオペレーションはあなたが担当してくれませんか？ 以前と勝手が違うと、とてもやりづらいんです」

振り返らない背中に、ルサルカがそう提案する。

その提案にミシェルは足を止めかけ、それから歩みを結局は止めないまま、

「図々《ずうずう》しいお願いですね」

「ええ。少し、図々しくやっていこうかと思いまして」

「——考えておきます」

短く答えて、ミシェルが今度こそ、廊下の角を折れて見えなくなる。その背中を見届けてから、ルサルカは自分の豊かな胸を撫《な》で下ろした。

そして——、

6

『――そうか。お前は[redacted]を[redacted]か』

それはかつて、何度も何度も、ルサルカを苛《さいな》んだ言葉だった。
霞《かすみ》がかった記憶の奥に隠れ、目を逸《そ》らして、ないものとして願いたかった出来事。
だが、それは毎夜、夢となって蘇《よみがえ》り、犯した罪を忘れさせまいと響き続けた。

『――そうか。お前は[redacted]を[redacted]か』

荘厳な声が、尊大な声が、慈悲に満ちた声が、何度もそれを繰り返す。
それを言われたときのことを、どんな想いでいたのかを、ようやく思い出せた。
それはきっと、目を逸らすことをやめたからだ。
自分が間違っていたことを認めることができたからだ。
――そして、その罪を、他ならぬ彼女に赦《ゆる》されたからだ。

『──そうか。お前は〝英雄〟を〝憎むもの〟か』


かつて、何度もルサルカを苛んだ、霞がかった記憶がはっきりと晴れる。

そう。ルサルカは、〝英雄〟を憎んでいた。

あの健気《けなげ》で懸命な少女を、きっと、この世界でたった一人だけ憎み続けていた。

自らもワルキューレとなり、彼女と同じ使命を背負って飛ぶ存在となりながらも、その想いだけはずっと胸の中にあった。


許されないことをしたと、そう思っていた。

だから赦されないのだと、そう思っていた。


だが、彼女はそれを赦したし、許してくれた。

きっとあの、屈託のない笑みで、どこか悪戯《いたずら》な瞳で、ひどく胸を掻《か》き毟《むし》る声で。

あの小さな体の奥底に、縋《すが》り付きたくなるくらい大きな愛を秘めた少女だから。

それが、ルサルカの親友であるエイミーだったから。

『――そうか。お前は〝英雄〟を〝憎むもの〟か』


それにしても、〝英雄〟なんて、思わず笑ってしまいそうになる。

だって、彼女はそんな大層な表現で呼ばれることを、ずっとずっと嫌がっていたから。

その活躍を称《たた》え、その美貌を褒めそやし、広く人々に知ってもらおうと、彼女を表紙として作られるはずだった広報誌。――彼女の戦死によって、それはお蔵入りとなった。

以前、その広報誌の担当者がルサルカを訪ねてきたことがあった。

担当者が訪ねてきた理由は、写真を届けるためだった。お蔵入りとなった広報誌の、幻の表紙になるはずだった一枚――。

それはひどく恥じらい、頬を赤くしたエイミーの写真だった。

地上でも空でも特別に思えた少女が、写真の中では年相応のただの少女だった。

霞の晴れた夢を見た朝、ルサルカは机の中から、ずっと仕舞っていた写真を出した。

そしてそれを、部屋のコルクボード――各地の戦況が貼られたそこへ、一緒に貼る。

――もっといい場所に貼ってよと、むくれる彼女の声が聞こえた気がした。

7

——その日も、窓から朝の日差しが差し込んでくる。

ゆっくりと、起床時間を知らせる放送があり、基地内の将兵たちが眠りから目覚め、今日という一日を始めるために動き出す。

この日、まだ戦いの余韻が色濃く残ったハンブルク基地では、掲揚される旗の前、緑の生い茂ったグラウンドに、基地の総勢が集められていた。

背筋を正して、真っ直ぐに立つ将兵たち。それらの前に並んで立つのは、見目麗しくも頼もしい、人類の希望を背負ったワルキューレたち。

ナタリー・チェイスが誇らしげに。

アルマ・コントーロが無感情に。

シャノン・スチュアートが眠たげに。

将兵たちの列を離れれば、後方で任務に従事する一団がまとまって並び立つ。

その中に、基地の驚異の稼働率を支えるロジャー・リーベル整備長の姿があり、緊張した面持ちのオペレーターたちの中に、腕を吊ったミシェル・ハイマンがいる。

そうして、一堂に会するハンブルク基地の総員を前にしながら、全く気負った様子もなく、男が歩み出る。

金髪碧眼《へきがん》、長身に無精髭の伊達男《だておとこ》、基地司令アレハンドロ・オストレイ。

――否、欧州戦線前線指揮官、アレハンドロ・オストレイ中佐だ。

「諸君、早朝よりご苦労。先日は、貴官らの奮戦によって大いに救われた。……ログレブ・バークレー少将を始めとして、多くの戦友が失われた戦いだった」

壇上で語り始めるアレハンドロの言葉に、将兵たちが耳を傾けている。その表情は怒りや悲嘆ではなく、兵士としての覚悟、その熱量があった。

「振り返り、足を止める暇は今の我々にはない。だから、戦友たちへの感謝も、分かち合った想《おも》いも、全て抱えたまま、歩いていく。――人類が、未来を勝ち取るために」

静かな熱が、総員に伝搬していく。

それを見ながら、アレハンドロは「ごほん」と咳払《せきばら》いして、

「と、似合わない話し方はここまでだ。どんな喋《しゃべ》り方だろうと、俺たちが未来に、戦友に誓った想いは変わらない。そうだろう？」

「――――」

「先日の戦いが、一つの結果を示した。この先、俺たちは前へ突き進む。ずっと、人類は後退することを余儀なくされてきた。だが、そんな屈辱も、もう終わりだ」

本当に、人心の掌握が上手《うま》い。

自然と、人々の意識はアレハンドロの言葉に引き寄せられ、否応なく熱を持つ。同じ熱

にくるまれ、気付けば同じ炎を身に宿し、前を向かされているのだ。

「――シグルドリーヴァ」

短く、強く、アレハンドロの紡いだ単語が、聴衆の鼓膜に、脳に、魂に染み入る。

それは翼を纏《まと》い、光の柱に奪われた空を取り戻すために戦う乙女。

今を生きる人々の希望と、今は亡き戦友たちの願いを継いで、この空へ翼を広げる戦翼の乙女たち。――戦翼の、シグルドリーヴァ。

「人類の未来のため、翼を持つ戦乙女《いくさおとめ》たちをそう名付ける」

シグルドリーヴァ、一度は折れた翼が再起し、人類のために蒼穹《そうきゅう》へ上がる。

『戦翼の日』と、『戦翼の再来』を乗り越え、今再びの、戦う翼よ。

その名に相応《ふさわ》しく、雄大な空を、晴れ晴れとした空を奪還し、明日へ繋《つな》ぐために。

「その部隊を率いる指揮官として、戦乙女小隊『シグルドリーヴァ』の部隊長を任命する。

――ルサルカ・エヴァレスカ少佐、上がれ」

「――はい」

芝居がかったやり取りの果てに呼び出され、ルサルカは真っ直ぐに前を見た。

アレハンドロの隣に並んで、将兵たちが、整備兵が、オペレーター陣が、何より、同じワルキューレたちの視線が集まる中、胸を張る。

そして――、

「――ルサルカ・エヴァレスカ。戦乙女小隊『シグルドリーヴァ』、部隊長を務めます」

と、抜けるように青い空の下、ルサルカは空色の瞳を曇らせず、宣言した。

8

――暗い、暗い部屋の中だった。

それは奇妙な場所だった。

広大な空間、天井も高い。それなのに、何故か閉鎖的な印象を強く強く受ける。

多数の座席が並んで、正面には大きなモニター画面――一瞬の停滞があって、誰もがその場所が、映画館のシアタールームだと思い当たる。

しかし、百以上の座席が並ぶ中、埋まっている席は一つしかない。

静寂が支配する空間で、最前列の中央、プレミアムシートを占有する小さな影が一つ。

それが、自身の黒髪に指を入れ、長く、疲れたような息を吐いて、

「――動き出したか、シグルドリーヴァ」

長い長い年月を感じさせる呟《つぶや》きだった。だが、呟く声はその印象に反して若い――否、

幼いとすら言えた。
事実、人影は小さく、その顔立ちは愛らしいとさえ言える。
黒髪の少年だ。端整な面持ちをしており、その左目を黒い眼帯で覆った、少年。
その少年が、呟く。歓喜するように、畏れるように、ただ一言、呟く。

「――ラグナロクの、時は近い」

あとがき

どうも、はじめましての方ははじめまして！　そうでない方は……そうでない方はなんていうのが正解なんだ？　毎度ご贔屓《ひいき》にありがとうございます？

冒頭《ぼうとう》からボヤッとした感じで始まってしまい、申し訳ない。作者の長月達平《ながつきたっぺい》です。

実は非常に私的なことですが、こうしてあとがきで『長月達平』とだけ名乗るのは、自分にとっては初めてのことだったりします。

何故《なぜ》かというと、自分は元々Ｗｅｂ小説を書いていた人間でして、そこから出版社の方に書籍化《しょせきか》の打診《だしん》をいただき、晴れて小説家となったという経緯《けいい》があります。

そのため、あとがきではＷｅｂ作家時代に名乗っていた、いわゆるＨＮをセットで名乗らせてもらうようにしていたので、そこから離れての作品は初めてなんですね。

というわけで、作者にとっても感慨《かんがい》深い一冊、『戦翼のシグルドリーヴァ　Rusalka（上）』はいかがだったでしょうか？　楽しんでいただけたなら幸いです。

こちらの作品は、いわゆる本編のスピンオフ――『戦翼のシグルドリーヴァ』という作品の前日譚《たん》になります。

「なら、肝心の本編はどこにあるんだ？」と思われたあなた。

あなたがこの本を発売日当日、あるいは直後に買ってくれていた場合、なんと本編の『戦翼のシグルドリーヴァ』はまだ誰《だれ》の目にも触《ふ》れていません。

何故なら、『戦翼のシグルドリーヴァ』は、この本の発売日のあとからテレビ放送されるオリジナルアニメーション作品となっているためです！　オリジナルアニメーション、大変いい響きですね。心が躍《おど》ります。もちろん、俺も踊《おど》りながら書いています。嘘《うそ》です。

『戦翼のシグルドリーヴァ』は、オリジナルアニメーションの企画《きかく》として立ち上げられ、長月も脚本・シリーズ構成として参加させていただいている作品です。

企画の当初は「空モノ！　戦う女の子！　ドラマティック！」という、少年漫画《まんが》の三本柱みたいなテーマしかなかったところから走り始め、いやさ飛び始めた作品ですが、それがようやくこうして日の目を見ました。

それも、その最初の作品がこちらの一冊です。プレッシャー大です。

本編が始まる前のスピンオフがいきなり前日譚とは、かなり強気な攻《せ》め口ですが、個人的には物語の過去編って大好きなので、どんとこいという気持ちですね。この物語に登場したキャラクターたちが、アニメ本編でどんな活躍をするかぜひお楽しみに！

上巻と銘打《めいう》たれている通り、キャラクターたちの物語は下巻へと続きます。そちらでどんな戦いが、苦難が、悲しみが別れが！　ルサルカを筆頭としたキャラクターたちを襲《おそ》うのか、こうご期待……え？　辛《つら》い表現が多かった？　物語とはそういうものです。激しい喜びの前には、激しい悲しみがあるもの。みんな、ドラマは好きだろう。俺もそうなんだ。気が合うね。下巻でもよろしくやってこうぜ、兄弟！

下巻もそんなに待たせないよ！　手に取ったタイミングによっては同時購入もあるだろうから、そんな君とは下巻のあとがきでまた会おう！


では、そんな勢いの宣伝をさせてもらったところで、この場をお借りしまして、お世話になった方々への謝辞へと移らせていただきます。

担当編集の小野様、結構キツキツなスケジュールで大いに関係者が不安がる中、原稿《げんこう》の仕上がりをアルカイックスマイルで待ってくださってありがとうございました！　校正段階などでかなりお力お借りしまして、本当にお世話になりました。新シリーズなので、今後ともよろしくお力添《ぞ》えお願いします！　いや、ホント。

イラストの藤真拓哉《ふじまたくや》先生、ルサルカやエイミーの素敵《すてき》なイラストありがとうございます！　藤真先生にはアニメのキャラクター原案も担当していただいており、アニメ・小説の両方でお世話になっています！　色素薄いキャラ好き同士、二人三脚《ににんさんきゃく》で！

設定・軍事考証では鈴木貴昭《すずきたかあき》様のご協力をいただきました。鈴木様には企画当初から本当にめちゃくちゃお世話になっており、出会って三日で同じ夜を過ごした仲です。語弊《ごへい》がある。今作でも様々な設定監修《かんしゅう》、大変ありがとうございました！

藤真先生と鈴木様とは、テレビアニメの方でもがっちり力を合わせておりますので、『戦翼のシグルドリーヴァ』は三人の子どもと言っても過言ではありませんね！

その他《ほか》にも、スニーカー文庫編集部の皆様《みなさま》、校閲《こうえつ》様や各書店の担当者様、営業様とたくさんの方々のご協力があって、この一冊は出版されました。皆様のおかげでこちらの一冊を上梓《じょうし》できまして、感謝に堪《た》えません。本当にありがとうございます。

そして、来るテレビアニメの制作に尽力してくださる、アニメスタッフの皆様にも感謝を。日々、皆様が作り上げる成果物が作者の最大のモチベーションです。これからも力を合わせて、『戦翼のシグルドリーヴァ』を盛り上げていきましょう！

それから最後に、この本を読んでくださった読者の皆様に最大限の感謝を。物語は下巻へ続き、順調にアニメの内容への下地が作られていきます今作！　ぜひとも、今後の『戦翼のシグルドリーヴァ』の展開にご期待ください。頑張《がんば》ります！

では、また次の一冊でお会いできますよう！　ありがとうございました！

２０２０年４月《次の一冊の執筆《しっぴつ》に取り掛《か》かりながら》

戦翼《せんよく》のシグルドリーヴァ
Rusalka《ルサルカ》（上）

著　長月達平《ながつきたつぺい》
原作　戦翼倶楽部《せんよくくらぶ》

角川スニーカー文庫　22149

2020年５月１日　初版発行

発行者　三坂泰二
発　行　株式会社KADOKAWA
〒102-8177 東京都千代田区富士見2-13-3
電話　0570-002-301（ナビダイヤル）

印刷所　株式会社暁印刷
製本所　株式会社ビルディング・ブックセンター

Printed in Japan　ISBN 978-4-04-109402-0　C0193

★ご意見、ご感想をお送りください★
〒102-8177 東京都千代田区富士見 2-13-3
株式会社KADOKAWA　角川スニーカー文庫編集部気付
「長月達平」先生
「藤真拓哉」先生

角川文庫発刊に際して

角　川　源　義

第二次世界大戦の敗北は、軍事力の敗北であった以上に、私たちの若い文化力の敗退であった。私たちの文化が戦争に対して如何に無力であり、単なるあだ花に過ぎなかったかを、私たちは身を以て体験し痛感した。西洋近代文化の摂取にとって、明治以後八十年の歳月は決して短かすぎたとは言えない。にもかかわらず、近代文化の伝統を確立し、自由な批判と柔軟な良識に富む文化層として自らを形成することに私たちは失敗して来た。そしてこれは、各層への文化の普及滲透を任務とする出版人の責任でもあった。

一九四五年以来、私たちは再び振出しに戻り、第一歩から踏み出すことを余儀なくされた。これは大きな不幸ではあるが、反面、これまでの混沌・未熟・歪曲の中にあった我が国の文化に秩序と確たる基礎を齎らすためには絶好の機会でもある。角川書店は、このような祖国の文化的危機にあたり、微力をも顧みず再建の礎石たるべき抱負と決意とをもって出発したが、ここに創立以来の念願を果すべく角川文庫を発刊する。これまで刊行されたあらゆる全集叢書文庫類の長所と短所とを検討し、古今東西の不朽の典籍を、良心的編集のもとに、廉価に、そして書架にふさわしい美本として、多くのひとびとに提供しようとする。しかし私たちは徒らに百科全書的な知識のジレッタントを作ることを目的とせず、あくまで祖国の文化に秩序と再建への道を示し、この文庫を角川書店の栄ある事業として、今後永久に継続発展せしめ、学芸と教養との殿堂として大成せんことを期したい。多くの読書子の愛情ある忠言と支持とによって、この希望と抱負とを完遂せしめられんことを願う。

一九四九年五月三日